BABEL

Tahar Ben Jelloun

Mierea și amarul

Traducere din limba franceză de
MIHAELA STAN

NEMIRA

Design copertă: Yanna ZOSMER
Fotografie copertă: © Elektra Klimi/ Unsplash
Prepress: Alexandru CSUKOR
Redactare: Irinel ANTONIU
Tehnoredactare: Magda BITAY
Corector: Anca COMAN

Descrierea CIP a Bibliotecii Naționale a României
BEN JELLOUN, TAHAR
Mierea și amarul / Tahar Ben Jelloun ; trad. din lb. franceză: Mihaela Stan.-
București : Editura Nemira, 2024

ISBN 978-606-43-1757-5

I. Stan, Mihaela (trad.)

821.133.1

Tahar Ben Jelloun
LE MIEL ET L'AMERTUME

BABEL este o colecție a Editurii **NEMIRA**.

Tiparul a fost executat de tipografia Art Print

ISBN 978-606-43-1757-5

Fratelui meu Abdelaziz, care a iubit atât de mult viața și pe care viața nu l-a iubit destul.

1

MOURAD

Locuiesc într-un subsol atât de jos, încât uneori mi se întâmplă să-l confund cu un mormânt. Este frig, ceea ce îmi convine vara și mă enervează iarna, mai ales că acest anotimp, în Tanger, este foarte umed. Deasupra avem o casă, construită într-o vreme în care totul mergea bine și în care eu și soția mea eram destul de încrezători în viitor. Eram proști și nu știam. Eram chiar fericiți și nu ne dădeam seama de norocul nostru.

Etajele de sus sunt închise sau, mai degrabă, interzise. Camerele de zi și dormitoarele sunt mobilate, perdelele trase, covoarele întinse și fixate pe podea. Din când în când, pisicile vin aici să-și facă nevoile. Aflăm după miros. Nu primim deloc vizite, nimeni nu a fost invitat vreodată la etaj. Așa stau lucrurile și nu vreau să deschid subiectul ăsta cu soția mea. Am învățat că nu trebuie să discutăm despre anumite decizii absurde. Așadar, trăim, dacă putem numi asta a trăi, în patruzeci și nouă de metri pătrați. Fără ferestre. Lumina intră pe ușă sau prin lucarna bucătăriei.

Ne-am stabilit aici cu câteva luni înainte de tragedie. Pedepsiți. De acum înainte, ne îngropăm în acest subsol pe care eu îl numesc adesea „pivnița".

Salteaua mea nu este foarte groasă. Mă mulțumesc cu ea; chiar m-am obișnuit. Sunt scund și destul de slab. Cea a soției mele pare mai comodă. Fiecare dintre noi stă într-un colț. Cinci metri ne despart. Uneori, mii de metri se întind între noi.

Bucătăria și baia sunt de cealaltă parte. Restul spațiului îl numim „salonul TV", acolo se află cele două televizoare ale noastre. Fiecare cu al lui, în măsura în care nu avem aceleași gusturi. Echipați cu căști, urmărim diferite programe. Soției mele îi plac serialele turcești și braziliene dublate în araba dialectală. Eu mă uit la filme clasice și la niște talk-show-uri politice. Uneori, adoarme și casca îi cade. Mă ridic și sting televizorul. A doua zi, îmi reproșează că din cauza mea a pierdut sfârșitul episodului.

De când m-am pensionat, încerc să nu mor. Mă întreb serios de ce rezist. Bucuriile mele sunt atât de rare. Amintirile mele sunt obosite și fac un efort să nu le mai chem, să nu mă refugiez în ele. Învăț să fiu precaut în privința lor.

Sunt ceea ce pot să fiu. Nu foarte mult. Am încercat să închid rana, nu să o șterg, dar măcar să o țin departe de mine, de noi.

Uneori, mă uit fix într-un punct din acest subsol. Vederea mi se tulbură. Totul devine neclar. Ceea ce mă înconjoară mă apasă şi mă întristează profund. Acest loc este mult prea mare pentru a servi drept mormânt. Am văzut deunăzi la ce se redusese trupul prietenului meu din copilărie când a fost pus în mormânt. Trebuie să fi cântărit mai puţin de patruzeci de kilograme. L-au aşezat pe partea dreaptă, ca şi cum ar fi dormit. Giulgiul prea alb era pătat de pământ negru. Un lucru mic acoperit de alb şi de pământ. Seara mi-a fost greu să adorm.

Suntem îngropaţi sub această casă care, văzută din exterior, oferă totuşi imaginea unei frumoase reuşite. Casa ne striveşte. Casa ne sfidează. Casa ne omoară încet. A fost scena fericirii noastre scurte şi a nenorocirii noastre permanente. Soţia mea vorbeşte despre casă ca şi cum ar fi o bătrână rea care ne poartă pică. Zice: „Şandramaua asta o să ne vină de hac până la urmă; se înverşunează împotriva noastră; are un demon în ea...“

Într-o zi am găsit cărămizi în mica noastră grădină. Soţia mea a început să strige: „Casa ne vorbeşte, ne trimite mesaje. Ce mai vrea de la noi?“

Cu greu am liniştit-o: „Ba nu, vecinii fac nişte lucrări şi trebuie să fi scăpat nişte cărămizi“.

Când vine noaptea, casa se odihneşte. Pereţii nu se mai clatină. Tavanul nu se mai mişcă. Dar casa ne posedă aşa cum pune un spirit stăpânire pe tine. Soţia mea a agăţat talismane în toate camerele. Toarnă în colţuri lapte de vacă proaspăt şi arde tămâie adusă din sudul ţării. Toate astea pentru a alunga deochiul şi nenorocirea.

Ar fi trebuit să părăsim această casă, să o scoatem la vânzare și să ne instalăm într-un apartament mai practic din centrul orașului. Dar ceva m-a împiedicat, mai ales soția mea. Pe mine mă ia oboseala doar la gândul mutatului. Un văr de-ai mei a murit chiar a doua zi după o mutare grea și dureroasă. Știu, obiectele, lucrurile sunt rele.

Încerc să ies în oraș în fiecare dimineață. Mă întâlnesc la Café Ibéria cu foștii mei colegi de birou. Nu-mi sunt chiar prieteni, mai degrabă cunoștințe. Ne leagă un secret, o practică nedemnă. Ne luăm o cafea la pahar, vorbim despre ultimele evenimente din țară și privim cum trec oamenii. Spunem că Marocul s-a schimbat și că nu mai reușim să-l înțelegem. De exemplu, numărul fetelor și al femeilor care poartă văl creștere întruna. „Ai zice că asta e moda, toate femeile sunt acoperite, de la mame la târfe!“, a exclamat la un moment cel poreclit Rubio.

M-am născut la câtiva ani după ce țara mea și-a câștigat independența. Tata îmi povestea cât de splendidă a fost epoca în care Tangerul era un oraș internațional. Tata lucra la hotelul El Minzah. Un palat mitic, faimos datorită clientelei sale care venea din toate colțurile lumii. Pe pereții barului erau fotografii cu vedete de cinema și cântăreți celebri, unele cu autograf pentru tatăl meu. Rock Hudson, Elizabeth Taylor, Victor Mature, Louis Jourdan, Léo Ferré, Charles Aznavour, Gilbert Bécaud etc.

Cred că tata a fost șef de personal sau adjunctul directorului, în orice caz, ocupa o poziție importantă. De multe ori, ne aducea cadourile pe care i le dădeau clienții. Îmi amintesc că am primit un stilou negru frumos, cu tot cu călimară. Sora mea a primit odată o eşarfă foarte frumoasă. De asemenea, uneori tata ne dădea bani de buzunar în valută străină, dolari, lire italiene, lire englezeşti. Mă distram ducându-mă să le schimb în pesete pe strada Siaghine. Nu ştiam că banii se schimbă.

El Minzah era sufletul oraşului. La intrare, doi bărbaţi de culoare, îmbrăcaţi în haine tradiţionale roşii, stăteau ca nişte statui. Într-o zi l-am întrebat pe tata de ce sunt negri. „Sunt urmaşii foştilor sclavi; directorul hotelului e un englez care a lucrat în India, el ne impune folclorul ăsta.“

Noi nu aveam voie să intrăm în hotel. Când mama mă trimitea să-i transmit ceva tatei, îl rugam pe portar să-l cheme. El ieşea şi-mi cerea să-i spun imediat de ce-l caut.

Îmi plăcea să mă plimb cu vărul meu Rachid, duminica, pe Avenue d'Espagne, în faţa mării. Seara, băteam bulevardul. Să baţi bulevardul însemna să defilezi pe bulevardul Pasteur. Păşeai cu o anumită nonşalanţă, proprie celor din Tanger, de-a lungul acestei străzi unde fetele se afişau în haine elegante. Pe atunci nu se folosea încă verbul „a flirta“, însă scopul defilării era să te faci remarcat de fetele care veneau acolo din aceleaşi motive ca şi noi.

Pe bulevardul Pasteur găseai agenţia Air France, magazinele englezeşti Kent, parfumeria Madini, Librairie des Colonnes, cafeneaua Le Claridge şi multe buticuri ţinute de indieni, care vindeau aparate de fotografiat şi tranzistoare.

Mă opream acolo de fiecare dată ca să întreb cât costă un mic tranzistor Philips. Când mi-am luat diploma, am reuşit să-l conving pe tatăl meu să mi-l cumpere. Acest radio micuţ avea să joace un rol foarte important în formarea mea culturală. Dormeam cu urechea lipită de carcasa roșie. Ascultam piese de teatru de la Comédie-Française retransmise de Radio France. Urmăream ca un nebun emisiunea-concurs „Quitte ou double", prezentată de Marcel Fort, mai ales când era cu întrebări despre cinema. Într-o seară am câștigat o sută de mii de franci vechi. Nu participam de-adevăratelea, dar răspundeam la întrebări înaintea concurentului.

Ah, ce miracol al tehnicii! Datorită acestui tranzistor, eu, care am avut o copilărie fără muzică, știam pe de rost cântecele lui Georges Brassens, Jean Ferrat, Léo Ferré, Barbara și Juliette Gréco. Eram imbatabil când venea vorba despre repertoriul lor. Toți au cântat pe versuri de Aragon, Villon, Baudelaire și m-au făcut să iubesc limba franceză.

Îmi amintesc și azi de vremea când nu aveam televizor. Împrumutam cărți de la biblioteca franceză de pe Rue de Fès. Ziua citeam, noaptea ascultam radioul. După-amiaza, aveam sesiune de cinema. Eu și sora mea ne repezeam la Alcazar sau la Capitol să vedem un film, oricare. În cele două săli se proiecta câte un film pe zi. L-am convins pe tata că cinematograful e util pentru cultura mea generală.

Acest Tanger nu mai există. Este normal. Cinematografele s-au închis. Unul a devenit cafenea, celălalt a căzut în ruină. Fetele tinere încă „bat" bulevardul, dar majoritatea poartă văl. Și nimeni nu mai folosește aparatul de radio portabil.

După bacalaureat am plecat la Rabat, unde am studiat dreptul și economia. Continuarea s-a dovedit mai puțin strălucitoare, deși am fost fericit la începutul căsniciei.

2

MALIKA

Azi-dimineață, am urcat la primul etaj, am deschis ușa și ferestrele salonului, unde pisicile își făcuseră nevoile. Am curățat totul. Am aerisit toată dimineața. După un timp, nu mai puteam, așa că m-am așezat pe podea, cu spatele sprijinit de canapea. Am închis ochii ca să nu plâng. Soțul meu îmi reproșează adesea că am închis tot ce este construit deasupra subsolului. Pregătisem cu mare grijă acest salon pentru nunta fiicei mele. Mă gândeam la asta de când ea avea doar zece ani. Alesesem țesăturile, covoarele, perdelele. Încredințasem munca asta celui mai bun dărăcitor din oraș, faimosul Mohamed-Moshé, cu mamă evreică și tată musulman. Aveam visuri. Îmi imaginam petrecerea și parcă și auzeam muzica. În prezent, salonul servește drept căcăstoare pentru pisicile vagaboande.

Cei doi băieți ai mei au fost înghițiți de soțiile lor. Unul a emigrat în Canada, celălalt lucrează ca director adjunct al unei fabrici, ceea ce nu-i prea lasă timp să vină să mă vadă. Când îi permite nevastă-sa, trece pe aici în mare viteză, aduce flori și fructe.

Suntem oameni simpli, cinstiți și modești. Da, săraci. Cinstiți? La urma urmei, da. M-am căsătorit cu un bărbat minunat, atent, cinstit, prea cinstit, virtuos. Nu ne-am cunoscut înainte de căsătorie. Am făcut așa cum făceau părinții și bunicii noștri din cele mai vechi timpuri. Mama avea convingerea că asta e garanția unei vieți liniștite și fericite. Dragostea nu vine ca o vijelie. Se construiește în fiecare dimineață. Îi împărtășeam părerea și observam ravagiile dragostei la prima vedere în serialele pe care le urmăream asiduu.

La început, am adoptat un stil de viață foarte simplu. Eram pregătiți pentru fericire conjugală. Speram la ea, o așteptam. Apoi s-a vârât nenorocirea în viața noastră măruntă și tihnită. A fost ca o fatalitate. Un deochi a reușit să intre în casa noastră și să devasteze totul. Am crezut în viață, am crezut în curaj și în răbdare. Dar totul s-a prăbușit în câteva clipe. Sunt superstițioasă, ca mama. Ea îl pomenea mereu pe Profetul nostru preaiubit și îmi spunea că el credea în deochi. Îi sfătuia pe credincioși să iubească înțelepciunea și să respingă invidia. Ochiul invidios, ochiul gelos, ochiul rău ne dă târcoale și, de îndată ce găsește o fisură, pătrunde în intimitatea noastră, în casa noastră, în secretele noastre. Știu, omul este în esență rău, dar, ca o bună musulmană, speram în ajutorul și ocrotirea lui Dumnezeu pentru a trăi în pace. Dumnezeu și Profetul său ne-au uitat. Sau ne-au pedepsit încă din timpul vieții. Cerul s-a despicat și un fulger a venit să sfâșie cearșafurile albe ale vieții noastre pașnice. Asta-i tot. Un blestem, o mânie a cerului.

Îmi aduc aminte de vremea când casa tocmai fusese construită. Ne-am pus toate economiile în ea. Ne-au ajutat și familiile noastre. Soțul meu, chinuit de un sentiment de vinovăție moștenit de la părinții săi, îmi zicea: „O cărămidă din două poartă semnul corupției. Într-o zi, casa o să cadă pe noi și o să primim ce merităm". Încercam să-l conving că țara noastră a introdus corupția în relațiile dintre oameni. Salariile foarte mici ale funcționarilor publici încurajează pe toată lumea să se descurce într-un fel sau altul. Cred chiar că, într-o zi, l-am auzit pe tata amintind ce declarase un ministru puternic: dacă salariile sunt mici, atunci marocanii să se ajute reciproc și să completeze direct ceea ce statul nu le poate oferi funcționarilor publici...

Mesajul era clar, corupția face parte din obiceiurile noastre.

El era înțepenit în principiile lui și recunosc că mi-a fost destul de greu să-l conving să se alăture cohortei uriașe a celor care se împacă până la urmă cu principiile.

Azi-dimineață, aveam inima strânsă. Pentru a-mi potoli durerea, am deschis camera Samiei. Asta nu mi se mai întâmplase de ceva vreme. Lucrurile ei sunt încă acolo. Camera este așa cum a lăsat-o ea în ziua tragediei. Am deschis dulapul. M-am uitat la rochițele ei; am luat una, mi-am lipit-o de față și i-am inspirat mirosul. Mirosul fiicei mele. Parfumul vieții sale. Urmele secretelor ei. Am luat o cămașă și am mirosit-o ca pe o floare. M-am așezat pe marginea patului și am plâns mult timp. Simțeam că mă ușurează. Inima nu-mi mai era strânsă. Dar tot mă durea, mă durea în adâncul ființei mele.

Nu știu cum fac alții, eu nu reușesc. Sunt zdrobită, amputată, lovită sălbatic, anihilată și trebuie să continui să mă prefac, pretinzând că trăiesc, că-mi tratez bolile, că am grijă de soțul meu care se crede bolnav, că mă gândesc la copiii mei, că-mi imaginez viitorul care va fi plin de goluri. Pământul s-a cutremurat sub picioarele mele și o prăpastie m-a atras în adâncul ei. Mărturisesc că am cedat cu ușurință forței care m-a dus acolo. Mă gândeam că, lăsându-mă în voia ei, acceptând-o fără să mă zbat, aș termina cu suferința.

În momentele de mare luciditate, mă întreb cum oare cuplul nostru, pornit să îmbătrânească în pace și înțelepciune, a devenit o monstruozitate. Atâta ură, atâta încrâncenare! Nu ne caracteriza. Acum iadul nostru este bine stabilit, s-a adaptat, s-a obișnuit cu stările noastre tot mai rele, s-a acomodat cu maniile noastre, cu slăbiciunile noastre și, de asemenea, cu voința noastră morbidă de a spune rele, de a face rău. Și nu văd cum să procedăm altfel, cum să calmăm situația, cum să redevenim niște oameni normali, iubitori, prietenoși, generoși și, mai presus de toate, fericiți că trăiesc.

3

MOURAD

Sunt mort. Mort de foame. Soția mea nu mă mai hrănește. Nu m-a părăsit, doar a uitat să-mi dea să mănânc. Nu a uitat. A hotărât să mă lase să mor de foame. E aici. Aici, la modul cumplit. Nu mă părăsește. Zice că are grijă de mine. Zice multe lucruri care nu au nicio bază. Vorbește singură și eu trebuie să-i ascult delirul, altfel mă pedepsește. Nu deschide frigiderul ca să nu fie tentată să consume ceea ce ne aduce fiul nostru. Păstrează mâncarea pentru că este zgârcită. Întotdeauna a fost zgârcită. Și, pe măsură ce a îmbătrânit, viciul i-a devenit feroce. Mănâncă pe ascuns. Calculează totul. Zice că suferă cu mine, că ar fi meritat să aibă un soț bogat și generos. Sunt generos, dar nu bogat. Dau ce am și nu acord atenție cheltuielilor. Ceea ce îmi reproșează după aceea.

Nu mai am puterea să mă ridic sau să protestez. Doar ochii mei vorbesc. Ea nu se uită la mine. Trece pe lângă mine fără să mă vadă. Nu mă deranjează. Dimpotrivă, mă simt uşurat că nu mă vede. Mă odihnesc, fiindcă privirea ei mă apasă, grea de reproşuri şi insinuări.

Ieri m-a lovit. Un pumn în burtă. Nu mă aşteptam la asta. Şi totuşi a îndrăznit. Era supărată. Când îşi iese din sărite, nu mai ştie ce face. Aruncă obiecte incasabile, o carte, o pernă, dar nu şi vasele. Numai avariţia îi poate domoli furia.

M-a lovit pentru că bolul cu lapte mi-a căzut din mâini. M-a lovit pentru că bolul este mai important decât starea mea.

Am rămas abătut. Mi-au dat lacrimile şi n-am reuşit să le opresc. Am plâns în tăcere. Din fericire, niciunul dintre copii nu a fost prezent. Să plângi în faţa copiilor tăi este cea mai rea umilinţă. Ştie şi ea asta. Când ei vin să ne vadă, se vaită. Vrea să fie considerată mai bolnavă decât mine. Începe prin a mă denigra. Zice: „Tatăl vostru e bolnav, dar exagerează, face pe suferindul ca să fie compătimit, însă eu sunt foarte bolnavă şi nimeni nu-şi face griji pentru sănătatea mea. Nu mai dorm. El doarme şi sforăie ca un taur. Nu mai suport".

Trebuie oare să mai precizez că ea nu are nicio problemă cu somnul, că adoarme imediat ce pune capul pe pernă şi că eu îmi petrec noaptea observându-i somnul profund? N-o să mă iau la întrecere cu ea pe baza bolii mele. Fiecare are partea lui de probleme.

Mi-e foame. Medicul a menţionat o problemă legată de anemie. Nu mai am putere şi energie. Slăbesc.

Înainte, când Fatema, menajera, venea să ne ajute, îmi dădea să mănânc pe ascuns, profita de momentele când soția mea era absentă și mă hrănea. Mâncam bine și mă simțeam mai bine. Dar ea a concediat-o. Ne costa prea mult. Nu ne permitem o menajeră pe care trebuie să o și hrănim. Deși... Nu o plăteam foarte bine, dar ea fusese de acord să ne ajute în amintirea vremurilor trecute, când totul mergea ca pe roate.

Îmi pare rău după Fatema. Malika știe asta. Chiar m-a bănuit că sunt atras de ea. Nu mi se mai scoală de mult, dar îmi place să mă uit la femei. Găsesc mereu că au ceva agreabil, plăcut. Soția mea știe și mă ceartă de fiecare dată când mă surprinde uitându-mă la o doamnă, indiferent de vârsta ei. Fatema avea un piept frumos. Întotdeauna mi-au plăcut sânii femeilor. De altfel, datorită pieptului ei generos și ferm m-am îndrăgostit de Malika. Tinerii nu se vedeau înainte de nuntă. Se căsătoreau, apoi se vedeau. Am făcut și eu ca toată lumea. Mama s-a dus la părinții ei să-i ceară mâna. Înainte de asta, o pețitoare lăsase la ușa lor un buchet uriaș de flori. Lucrurile se precipitaseră. Malika avea douăzeci și doi de ani, o vârstă înaintată pentru căsătorie. Eu eram cu doi ani mai mare.

Trebuie să mă opresc din reflectat. Ea apare furioasă. Urlă la mine:

— Unde mi-ai ascuns telecomanda?

N-am ascuns nimic. Nu răspund. Ea țipă și mai tare.

— Nu știu unde e telecomanda. O faci intenționat, încerci să mă enervezi, faci orice ca să-mi ies din fire, ca să pierd serialul. Ești un bolnav, un vicios, un pervers...

Nu zic nimic. Închid ochii și mă adâncesc în gândurile mele. Strigătele ei ajung la mine, dar violența lor e atenuată. Am reușit să construiesc un zid din beton și fier între țipetele ei și mine. Mi-a luat mult timp să reușesc, pentru mine e ca o frontieră care mă apără de ea.

Am observat că, de la o vreme, nu-mi mai spune pe nume. Nu-mi mai spune nicicum. Zice „tu". O dată mi-a folosit numele de familie. M-a făcut să râd. E ciudat să-ți auzi soția adresându-ți-se pe numele de familie, ca și cum ai fi un străin.

De fapt, am devenit un străin. Nu recunosc nimic. Sunt acasă, dar nu mă simt acasă. Știu că este casa noastră, căminul nostru, dar pereții și covoarele nu-mi amintesc de nimic. Nu-mi pierd memoria, dar să spunem că am memoria decalată. Nu sunt în largul meu. Îmi pun întrebări. Ea habar n-are. În orice caz, n-ar înțelege problema. M-ar crede nebun. S-a mai întâmplat. Odată am îndrăznit să glumesc că subsolul nostru e cavoul familiei. Am vrut să spun că nu se întâmplă nimic viu în această casă. S-a ridicat, a dus degetul arătător la tâmplă, l-a răsucit și mi-a răspuns: „Ești nebun, știam eu, trăiesc cu un nebun, asta-i culmea!"

Sunt străin de corpul meu. Într-o bună zi m-am trezit întrebându-mă cui îi aparține trupul pe care îl port. Eram convins să port trupul altuia. Noroc că nu i-am spus soției mele, ar fi sunat la balamuc.

M-am uitat mult timp în oglindă. Fața îmi amintea de cineva cunoscut. Dar erau prea multe riduri și mai ales o impresie de înfrângere săpată în carne. Mi-am încrețit fruntea, am căscat ochii, mi-am trecut mâna de mai multe ori peste obraji, impresia că sunt altcineva persista.

Am o cicatrice pe braţul stâng din cauza unui vaccin prost făcut. Mi-am scos cămaşa şi am căutat-o. Dispăruse. M-am aşezat pe marginea căzii şi am decis să mă arăt gol în faţa Malikăi. În funcţie de reacţia ei, aveam să mă lămuresc.

M-am dezbrăcat, păstrându-mi, din pudoare, chiloţii pe mine. Ţipătul ei a fost atât de puternic, încât vecinii au început să bată cu pumnii în peretele comun.

— Ştiam că nu eşti în toate minţile, dar acum ai depăşit orice limită. Ce vrei? Ce încerci să-mi spui? Sper că n-ai de gând să profiţi de farmecele mele.

A izbucnit în râs şi a adăugat:

— Bietul meu prieten! Ai făcut bine că nu ţi-ai scos chiloţii. Nu e nimic în ei; de ani buni nu mai e nimic, n-a mai rămas nici măcar o umbră de bărbăţie în tine. Hai, du-te, îmbracă-te şi nu-mi mai face glume de-astea.

Are dreptate. Penisul meu a murit de mult timp, în fine, îmi serveşte la urinat, nu-i tocmai rău. Penisul meu, ea l-a mâncat, l-a înghiţit după ce l-a zdrobit ca pe o legumă prea coaptă. Cuvintele ei sunt atât de răutăcioase, încât mă afectează profund. Le alege bine.

Soţia mea este urâtă. Totuşi, cândva a fost frumoasă. Timpul şi încercările vieţii au urâţit-o. Nu este urâtă din punct de vedere fizic. Pieptul s-a păstrat bine. Fesele au rămas tari. Dar faţa este o catastrofă. Sufletul i se reflectă atât de clar acolo. Nu mai ştiu cine a spus: „Începând de la patruzeci de ani, eşti răspunzător pentru faţa ta“, dar avea dreptate. Léo Ferré cânta: „Când e mişto, totul te-ajută..." Se referea la mutră.

Şi când te gândeşti că am fost îndrăgostit nebuneşte de această femeie! Să te însori cu o tânără despre care nu ştii nimic era foarte excitant şi, evident, riscant. I-am spus mamei că poate să aleagă ea pentru mine, mă cunoştea foarte bine. Un singur lucru mă îngrijora: o să aibă timp să vadă defectele miresei? Iar mama mi-a ţinut o lecţie: „Fiule, perfecţiunea nu aparţine lumii ăsteia; numai Dumnezeu e perfect. Noi avem calităţi şi defecte, suişuri, coborâşuri, culori care merg de la lumină la întuneric... Femeia asta o să fie ce-o să faci tu din ea, totul depinde de tine, de voinţa şi de dorinţele tale. Când m-am măritat cu tatăl tău, nu-mi imaginam nici pe departe cât de bun poate să fie. N-a ridicat niciodată mâna la mine, iar tu promite-mi că n-o să fii niciodată violent cu soţia ta. Când apare o problemă, trebuie să vorbiţi, da, să discutaţi, apoi trebuie să găseşti timp pentru a înţelege ce se întâmplă în mintea celuilalt. Se spune că femeile sunt complicate, nu-i adevărat, cu femeile e simplu, trebuie să ai grijă de ele întotdeauna. Pe când cu bărbaţii... Dumnezeule, cât sunteţi de complicaţi, nu ştiţi niciodată ce vreţi..."

Dorinţa a dispărut dintr-odată. S-a întâmplat la scurt timp după ce a început treaba cu plicurile. Într-o seară s-a plâns că nu e satisfăcută în pat sau doar foarte rar. Striga: „Pot să număr pe degetele de la o mână de câte ori ai fost bărbat, bărbat adevărat, nu prăpăditul care ai devenit".

Prăpădit! Un lucru firav, lipsit de atitudine. O chestie care atârnă. Un membru flasc și fără consistență. Un corp moale, vâscos. Așa mă vedea ea. Bietul de mine!

Nu am răspuns. Mi-am simțit sexul micșorându-se până când a dispărut. Ea stătea acolo, cu picioarele depărtate, cu mâinile în șolduri, cu părul despletit și cu salivă în colțul gurii. Din acel moment am început să ridic un zid între noi.

4

MALIKA

În ciuda tuturor lucrurilor, nu-mi imaginez că aş trăi fără soţul meu. Aş fi vrut să-i fiu prietenă, dar nu are simţul prieteniei. Dragoste? Oh, e o poveste veche. Nu ştiu cât a durat. Un an? Doi? Nu-mi amintesc. S-a terminat brusc. Într-o seară, s-a întors de la birou, şi-a pus pijamaua, apoi s-a culcat pe o saltea în salon. Am crezut că e bolnav şi nu vrea să-mi strice somnul. Pe atunci adormeam repede şi dormeam bine. În cazul lui, mereu a fost mai complicat. Începe prin a citi, apoi ascultă muzică, stinge veioza şi aşteaptă să adoarmă. Uneori stă treaz toată noaptea. „Ore întregi", mi-a spus, „aştept un tren care nu vine sau care a ajuns în altă gară". Povestea asta cu trenul m-a enervat. La noi trenurile vin rareori la timp, de ce să nu iei un autobuz, există o grămadă; au aer condiţionat şi televizor la care se dau seriale turcești sau braziliene, dublate în araba dialectală, se servesc băuturi reci și chiar pachețele cu chipsuri. Dar el, încăpățânat, așteaptă un tren. Unii așteaptă marea iubire, el se mulțumește cu un tren! Casa noastră este construită pe terenul unei gări dezafectate, i-am spus-o de atâtea ori. Nu vrea să știe nimic. E ciudat.

După aceea am dormit singură. La început, mi-a convenit, chiar mi-am găsit un fel de pace, dar pe termen lung a devenit apăsător și mai ales de neînțeles. Am vrut să discut cu el despre noua situație. Și-a pus căștile pe urechi și a închis ochii. Lucrurile erau clare.

Copiii nu-și dădeau seama de nimic.

Totuși, pe acest om, pe acest soț, l-am așteptat mult timp. M-am născut la sfârșitul anilor '50. Tangerul internațional despre care îmi vorbea tata se transforma. Orașul nu mai întorcea spatele restului Marocului. Dar existau încă bancheri, oameni de afaceri la limita legalității, bandiți și, pare-se, spioni. Ștampila de „orașul internațional" nu a dispărut brusc.

Tata mă ducea să ascult cântăreți de jazz la cazinoul spaniol; nu plătea, fiindcă portarul, care era unul dintre prietenii lui, ne lăsa să intrăm după ce începea spectacolul. Duminica aveam voie, împreună cu surorile și frații mei, să mergem la cinematograful Roxy, unde rulau filme americane MGM în versiunea originală. Vorbeam mai multe limbi sau, cel puțin, le masacram bucuroși. Aveam vecini francezi, spanioli, italieni, unii evrei, alții catolici. Am deschis ochii spre o lume plină de diversitate. Tata avea o prăvălioară în orașul vechi, chiar în fața bisericii, în mare parte frecventată de spanioli. Nu ne lipsea nimic, dar tata ne învăţa să fim economi. Îmi amintesc că aveam becuri de intensitate scăzută acasă. Era întuneric tot timpul la noi. Mă obişnuisem cu acest tip de lumină slabă. Ni se interzicea să lăsăm apa să curgă în timp ce ne făceam toaleta. Doar masa de prânz era importantă. Puţină carne, multe legume şi citrice. Vinerea aveam dreptul să mâncăm pui. Mama îl tăia în patru bucăţi şi îl pregătea cu multe legume. Când ni se întâmpla să avem oaspeţi (foarte rar), mama, la sfatul tatei, nu gătea suficient carnea. Mereu mă întrebam de ce carnea e tare, aproape necomestibilă. Mama o recupera pentru a face *tajine* toată săptămâna. Ar fi trebuit să-mi dau seama. Tatei nu-i plăceau oamenii care cheltuiau fără măsură. Zicea: „Sunt nişte inconştienţi". Îi dădeam dreptate. Şi eu urăsc risipa. Mă duceam cu mama să-mi cumpăr materiale ieftine şi îmi făceam singură rochiile.

Acest mod de viaţă mi se părea satisfăcător. Nu ştiam dacă tata e cumpătat din necesitate sau avar din voinţă. Oricum, rezultatul era acelaşi. Ne spunea adesea: *Una peseta es una peseta*. Îmi venea să-i răspund: „Evident!"

Eram trei surori şi doi fraţi. Acasă domnea o pace care ne învăluia într-o plictiseală oarecum dulce. Principiul era să refuzăm invitaţiile pe care ni le făceau rudele sau vecinii. Dacă acceptam să luăm prânzul sau cina la ei, am fi fost obligaţi să întoarcem invitaţia, ceea ce ar fi implicat cheltuieli pe care părinţii mei nu le-ar fi tolerat. Trăiam între noi şi nu aveam nevoie de nimeni. Am ajuns să înţeleg că tata are un calculator în ochi şi, de asemenea, în inimă. Cunoscuse Războiul Rifului şi Al Doilea Război Mondial. Ştia ce înseamnă foamea şi lipsurile.

Sora mea cea mare, Zohra, trebuia să se mărite cu un văr cu care se întâlnea pe ascuns. Se vedeau în zilele de sărbătoare, își trimiteau scrisori care treceau prin mâinile Wardei, o fostă sclavă de culoare, bătrână, pe care unchiul meu o adusese din Guineea înainte de război. Ea făcea discret pe poștașul și asta o amuza.

El era destul de bogat și cheltuia cu largheţe banii moșteniți de la tatăl său, care strânsese o avere importând articole din surplusul armatei americane imediat după război și făcând comerț cu Africa. În ochii tatei, nici nu se punea problema ca Zohra să se mărite cu acest „inconștient". Zicea: „O să ne ruineze". Mama a făcut câteva demersuri și i-a propus fiicei sale să se mărite cu un profesor care trăia modest. Pentru părinții mei, el era ginerele ideal. Modest sau chiar sărac, asta nu obliga familia să facă multe cheltuieli nici pentru nuntă, nici pentru restul. Așa se face că Zohra, deși îndrăgostită de vărul ei Nouredine, s-a căsătorit cu Abdesslam, un învățător care abia trăia de azi pe mâine. Ea s-a împotrivit făcând greva foamei, dar autoritatea tatei, întărită de sprijinul necondiționat al mamei, a sfârșit prin a-i înfrânge rezistența. Când pomenea de dragostea ei pentru Nouredine, mama se înfuria: „Dragoste? Te crezi într-un film american? Crezi că-l iubeam pe tatăl tău înainte de căsătorie? La noi, dragostea vine după, niciodată înainte, avem o dragoste construită pe rațiune și pe obișnuință. O să vezi, o să-l uiți repede pe Nouredine al tău, mână-spartă și vulgar".

Zohra a fost nefericită toată viața, nu că soțul ei nu s-ar fi purtat frumos, dar ea nu-l iubea și a ajuns să se revolte, adâncindu-se într-o depresie destul de serioasă. Pe vremea aceea ți se aplicau electroșocuri la spitalul de nebuni. Tratamentele au distrus-o și, în cele din urmă, au ucis-o. Mama a pus boala ei pe seama deochiului aruncat de familia vărului. Cât despre tata, el nici măcar n-a suferit, mulțumindu-se să spună: „Asta este voia lui Allah! Cine sunt eu să o pun la îndoială?"

Cealaltă soră a mea, Ghita, s-a căsătorit cu un om sărac, un cizmar, și și-a acceptat destinul fără să se opună. Soarta Zohrei o afectase și o speriase. Era fatalistă și nu protesta. Vorbea puțin. Când o întrebai despre viața ei, ridica privirea spre cer și spunea: „Mulțumesc lui Dumnezeu! Aceasta este voia lui!" N-a avut copii. Nu și-a imaginat nicio clipă că soțul ei ar putea fi steril. Avea convingerea că ea era de vină.

Când tata mi-a spus: „Te vei căsători cu Mourad, fiul unui prieten", nu am reacționat. I-a cerut mamei să-mi spună din nou același lucru. Nu-l cunoșteam și am întrebat-o pe mama dacă poate să-mi facă rost de o poză ca să vad cum arată. Mi-a adus fotografia tip carte de identitate a unui tânăr în costum și cu cravată care purta ochelari. Uitându-mă la portret, încercam să mă imaginez în brațele acelui necunoscut. Am simțit un pic de emoție în stomac. Avea ceva care-mi amintea de idolul meu, cântărețul Farid El Atrache. Nu arăta ca el, dar privirea îi era destul de blândă și m-a făcut să mă gândesc la artistul egiptean căruia, după cum am aflat mai târziu, nu-i prea plăceau femeile. Zvonuri fără temei, lansate de un rival gelos.

Mourad, care făcuse studii de expert contabil, se ocupa din când în când de magazinul de îmbrăcăminte al tatălui său, situat într-un pasaj cu mare vad comercial din capătul străzii Siaghine. A fost fericit în ziua în care tatăl său i-a spus că s-a angajat la hotelul El Minzah. Comerțul nu mai mergea ca înainte. Mourad aștepta un post la Ministerul Echipamentelor, care avea un birou în Tanger. Își cumpărase o mașină de ocazie, un Mercedes negru, pe care îl scotea duminica pentru a merge la plaja din Forêt Diplomatique, pe malul Atlanticului. Faptul că avea o mașină îl îngrijora pe tata. I-a spus mamei: „E semn rău. Mașina înseamnă libertate, este începutul ispitelor. Cine știe dacă n-o să irosească banii tatălui său cu călătorii în care să-și invite prietenii și să le ofere vin sau bere?“ Mama l-a liniștit, informându-l că mama lui ținea cheile de la Mercedes și i le dădea doar dacă știa ce intenționează el să facă.

Chiar înainte de logodna noastră, părinții mei mi-au permis să ies cu el la o plimbare pe munte, însoțită de mama. Onoarea trebuia să fie în siguranță. Nici nu se punea problema să ne atingem unul pe altul înainte de noaptea nunții. Când a oprit în fața unei cafenele la Spartel, mama a propus să admirăm peisajul stând în mașină. Mourad a insistat să ne invite să bem ceva la cafenea. Mama a refuzat politicos, dar ferm. A scos din geantă un termos și pahare și ne-a servit cu cafea cu lapte, pe care o pregătise înainte să plecăm. Adusese și prăjituri de casă. Am privit cum soarele apunea pe un cer de un roșu frumos și am băut cafea în tăcere. Mi-era rușine, dar Mourad știa că familia noastră are reputația de a fi zgârcită.

5

SAMIA

1 octombrie 2000

Stau pe marginea patului. Port un tricou lung care îmi servește drept pijama. Perdelele sunt trase. Simt o nevoie pe care nu pot s-o controlez, aceea de a-mi lua caietul pe care îl folosesc ca jurnal și de a începe să scriu. Sunt slabă și palidă; mă uit din când în când la sânii mei. Nu-s grozavi.

Nu știu de ce. Să scriu, da, dar ce? Nu am birou. Scriu pe genunchi, instalată în pat. Am căpătat obiceiul să stau în această poziție când înnegresc paginile caietului meu. Este un simplu caiet de școală. Are desenat pe copertă un leu. Se uită la mine, eu fac o grimasă, el nu se mișcă. Pe spatele caietului e tabla înmulțirii. Nu văd legătura dintre leu și cifrele bine aliniate. Asta e. Am în față o pagină goală. Nu este chiar albă. Să spunem că este mai degrabă albicioasă, de un alb murdar. Hârtie reciclată. Folosesc un stilou, un cadou de la directorul *Revistei de poezie*. Mi l-a oferit într-o zi când ieșeam de la liceu. Mi-a spus: „Tu ești poetă, se vede imediat; uite, îți dau acest stilou ca să scrii poezie, nimic altceva decât poezie". Apoi a plecat. Am rămas surprinsă. Cum de ghicise că îmi place să scriu versuri? Foarte ciudat. Trebuie să umplu stiloul cu cerneală. Simt cuvintele urcând în mine ca o răsuflare fierbinte. Trebuie să iasă.

Casa este liniștită. Mama doarme, susține că nu doarme niciodată suficient din cauza tatei, care sforăie. Așa că recuperează în timpul zilei. Tata trebuie să fie la cafenea cu colegii. Casa este întunecată și inima mi-e părăsită de lumină.

Am împlinit șaisprezece ani acum câteva luni. Părinții mei, prea ocupați să se certe din cauza unor fleacuri, au uitat de ziua mea de naștere. De ale fraților mei nu uită niciodată. Nu contează. Am sărbătorit acești ani cu poezie. De când l-am descoperit pe Paul Éluard, nu mai citesc romane. Prefer poezia. Am auzit zilele trecute, la un post de radio francez, pe cineva afirmând că „doar poezia va salva lumea". Trăiesc în această lume și mă bazez pe poezie ca să mă salveze de plictiseala și de mediocritatea societății.

Oamenii își petrec tot timpul judecându-i pe alții. Când mă duc la mătușile mele în vizită, păstrez tăcerea, refuzând să particip la linșajul unuia sau altuia, linșaj pe care îl practică pline de zel. Două lucruri le obsedează: banii și sexul. Pe cât de neobosit disecă prețul țesăturilor sau al puilor, pe atât de metaforic discută când vine vorba despre regulat. Mama evită să abordeze acest subiect, dar vorbește tot timpul despre bani. Normal, ține de educația ei. Când se întâmplă s-o însoțesc la piață, îmi e rușine. Se târguiește pentru orice. Îmi spune: „Să știi că un bănuț e un bănuț și, dacă într-o zi ai nevoie de el, nimeni, ascultă la mine, nimeni nu ți-l dă!“

Când citesc poezie, mă simt ușoară, am impresia că zbor, că plutesc deasupra orașului. Mă cred o vrabie care zboară repede, dar foarte atentă la ceea ce caută. Poezia mă scoate din această încăpere, din această casă întunecată, din acest oraș ros de ipocrizie. Poezia ca răspuns, ca apărare, ca spirit de evadare.

Știu, poezia este viață, este viața mea, este ceea ce mă face să vibrez. Iau trenul de noapte, închid ochii și mă las legănată de ritmul regulat al trenului, care înaintează cu viteză maximă în toate nopțile lumii.

Ultima dată trenul m-a lăsat într-un vis. O țară albă. Cerul și pământul erau zugrăvite în alb. O lumină strălucitoare mă orbea. Pășeam pe niște fraze caligrafiate pe pământ. Auzeam o muzică stridentă care, în cele din urmă, m-a trezit.

Scriu, apoi șterg sau rup foaia. Scriu ceea ce cred eu că este poezie. Evoc lucruri simple din viața mea. Povestesc ce trăiesc, ce simt, ce sper, ce aștept.

Poezia este secretul meu. Nimeni nu știe ce scriu. Sunt timidă. Nu vorbesc cu nimeni despre această pasiune. Totul este consemnat în jurnalul meu. Mă obsedează gândul că într-o zi mama mi-ar descoperi caietul și l-ar citi.

N-ar înţelege nimic. Ea este directă, lipsită de imaginaţie şi nu respectă libertatea copiilor ei. Consideră că îi aparţinem şi că are toate drepturile asupra noastră. Scriu în franceză, dar şi în arabă.

Până acum, nimeni nu a avut acces la jurnalul meu. Numai un poet, un mare poet sau un editor ar putea să-l citească. Dacă Éluard ar mai fi fost în viaţă, aş fi făcut totul ca să-i trimit încercările mele de poezie. Tata le-ar putea citi, dar îi este atât de frică de mama, încât este capabil să-mi facă o scenă şi să-mi citeze un verset din Coran care îşi bate joc de poeţi. Deja mi-a spus odată: „Şi poeţii! Ei sunt urmaţi doar de cei care se rătăcesc!“[1]. Insistă să verific: „Sura 26, versetul 224!“

Rătăcită, aşa sunt şi mi-o asum. Sunt Éluard, Aragon, Ahmed Chawki, cel numit „ prinţul poeţilor“ în lumea arabă, Mahmoud Darwich, Rimbaud, Baudelaire. Le învăţ pe de rost versurile şi mă simt pe deplin fericită când rememorez poezia lor.

Când viaţa face zgomot de umbră şi de bani,
Când e reflexie într-o oglindă fără luciu
Mă ridic şi păşesc în durerea nopţii
Tristeţea mea e sora aplecată asupra unui război de ţesut
Amintirile unei vieţi pe care nu am trăit-o
Apar ca nişte copaci smulşi pentru a face focul...

---

[1] Coranul, traducere de George Grigore, Herald, Bucureşti, 2009; toate citatele coranice sunt preluate din această ediţie (n. tr.).

6

MOURAD

Simt că totul se degradează în mine. Am nevoie să schimb aerul și am, de asemenea, nevoie să merg la doctor, o durere surdă s-a instalat în mine de multă vreme. Nu trebuie să uit să-mi iau medicamentele pentru tensiune arterială, pentru aritmie, pentru multe alte afecțiuni.

Pe măsuța de cafea, soția mea și-a înșirat cutiile cu medicamente. Le-am numărat. Unsprezece cutii și un flacon. Este dovada științifică a faptului că este mai bolnavă decât mine. Nu vreau să-mi expun medicamentele pe care sunt obligat să le iau în fiecare zi. Nu-mi place toată această chimie care ajunge să distrugă corpul. Refuz să mă pretez la acest joc ridicol. Îmi cunosc problemele de sănătate, nu fac din ele o chestiune publică. Mă uitam la cutiile de medicamente și făceam un mic calcul: dacă ar înghiți toate tabletele dintr-odată, poate ar deveni amabilă și grijulie. Departe de mine ideea de a o vedea murind din cauza unei supradoze chimice. Nu, n-am ajuns încă acolo.

Ea apare adusă de spate, mergând anevoie, cu încheieturile mâinilor la nivelul șoldurilor, transpiră, geme puțin, vrea să-mi spună că suferă și că trebuie să mă ocup de ea. Știu că exagerează, știu că își pune în scenă durerea, mai ales artroza. Nu vorbește, îmi aruncă priviri pe care trebuie să le interpretez. Sunt obișnuit cu genul ăsta de folclor. Iau o carte și mă cufund în lectură. Asta o enervează, mai-mai să cadă, scoate un țipăt și sfârșește prin a urla:

— Da, ți se rupe de starea mea, citești în timp ce eu am nevoie de ajutor, mi-e rău, nu mă mai țin pe picioare, mă doare îngrozitor, iar ție puțin îți pasă, egoistule!

Nu răspund. Știu că joacă teatru. Se trântește pe canapea chiar în fața mea, cu capul dat pe spate. Cred că plânge sau simulează plânsul. Îi cunosc tactica. Să dramatizăm, să culpabilizăm, să atragem atenția. N-am niciun chef să mă ocup de ea. De când a început să pretindă că e grav bolnavă, am înțeles că nu trebuie să intri în jocul ei.

O las să geamă și continui să citesc. De fapt, mi-e greu să mă concentrez. Mă deranjează, prezența ei este apăsătoare, circul ei mă obosește. N-o mai privesc ca pe o soție, nu mai cred că am vreo datorie față de ea. Ea este înfrângerea mea. Știu că sunt răspunzător pentru ceea ce a devenit. Lucrurile ar fi putut să se desfășoare altfel și chiar să ne facă fericiți. Dar soarta era plină de capcane. Ar fi trebuit să bănuiesc.

A ațipit. Sforăie. Profit de ocazie pentru a-i pune toate medicamentele într-o cutie de pantofi. O să înțeleagă că nu mă las păcălit de teatrul ei.

Menajera n-a venit azi-dimineață. E ciudat. Trebuie să fi luat vreuna dintre bolile noastre. Aici, la noi, e spital. Acolo, chiar lângă bucătărie, se află farmacia. Noi doi suntem o companie mică, al cărei scop este să consume cât mai multe medicamente. Soția mea este convinsă că un medicament, cu cât este mai scump – ceea ce o întristează profund –, cu atât este mai eficient. Însă nu are nicio dorință de a se vindeca. De la tragedie încoace, principala ei ocupație este să fie bolnavă. Asta-i starea pe care o preferă, pe care o scoate în evidență. Trebuie să fie compătimită. E metoda ei de a lupta contra deochiului. Fiecare privire care se oprește asupra ei este capabilă să-i agraveze răul. Face totul pentru ca nimeni să nu o invidieze. Nu-i nimic de invidiat. O viață limitată, redusă la puține lucruri. O suport pentru că nu pot face altfel. Nu am unde să mă duc, unde să mă refugiez. Copiii nu vor să audă de problemele noastre. Ne vizitează mai mult din datorie decât din dorință. Mama lor îi întâmpină făcându-i responsabili pentru starea ei. De multe ori ei regretă că au venit. Ea nu le place pe soțiile lor. Zice: „Nevestele nu-i lasă să vină să mă vadă. Am făcut totul ca să-i cresc bine, să fie recunoscători. Nu mai sunt ai mei. Ele i-au acaparat. I-au înghițit. Femeile marocane sunt groaznice. La început, numai lapte și miere, apoi, după ce pun mâna pe ei, se schimbă, triumfă. Elimină tot, m-au eliminat și pe mine, dar eu sunt dură, nu m-am născut ieri, știu totul, le-am văzut venind. Ca urmare, copiilor mei le pasă mai mult de soacrele lor decât de propria mamă".

Nu sunt departe de a-i da dreptate, dar nu o fac. Şi eu am crezut că, după ce ies la pensie, copiii mei o să aibă grijă de mine. Dar într-o zi am avut o revelaţie, mi-a sărit în ochi un lucru evident, ceva care mi s-a arătat cu o claritate teribilă: copiii noştri nu ne aparţin. Acest adevăr m-a rănit. Am calculat greşit gândindu-mă că e firesc ca ei să se ocupe de mine şi de mama lor. Apoi am învăţat să admit că au viaţa lor, problemele lor şi că noi am devenit nişte poveri. Nu îi învinovăţesc. Mă întristează, dar asta e situaţia. În ceea ce o priveşte pe mama lor, ea nu poate să înţeleagă acest lucru.

Îmi amintesc un film japonez minunat, alb-negru, în care un cuplu în vârstă face o călătorie de la de la Kyoto la Tokyo pentru a-şi vedea copiii. Este un film din anii '50. Cred că se numeşte *Călătorie la Tokyo*. Se potriveşte perfect cu realitatea noastră marocană. Când îşi întâlneşte copiii, cuplul îşi dă seama că aceştia s-au îndepărtat de ei. Soţii suferă din cauza asta. Astăzi fac şi eu aceeaşi constatare.

Azi am decis să o ignor. Dacă trece prin faţa mea, n-o să mă uit la ea. Dacă vorbeşte cu mine, n-o să-i răspund. Dacă urlă, o să-mi astup urechile. Astăzi este o zi pentru mine. Doar pentru mine. Ea nu există. Oricât s-ar agita, ar ţipa, ar face pe muribunda, n-o să mă clintesc. Am hotărât. M-aş putea închide în cămăruţa din pivniţă care-mi serveşte drept birou, dar este prea umedă, risc să mă doară articulaţiile. O să rămân la locul meu, în faţa televizorului meu, o să schimb canalul şi o să urmăresc o dezbatere despre războiul din Yemen. Ea urăşte politica. Nici nu mă gândesc să cedez şi să mă uit la serialele ei libaneze sau egiptene ieftine. Pentru ea, viaţa ar trebui să fie ceea ce vede pe ecran. Case decorate cu un gust îndoielnic, personaje machiate excesiv, femei făcute şi refăcute de chirurgia estetică. De mult n-am mai urmărit informaţiile din lumea arabă. Ştiu, nu cred că am pierdut mare lucru. Arabii se sfâşie cu brutalitate şi cad în mod constant în capcanele întinse de americani. Aşa a fost pierdută Palestina, Egiptul a ajuns o corabie în derivă cu un dictator la comandă, Arabia Saudită se lasă jefuită de americani şi terorismul în numele islamului continuă să se dezvolte.

Pe vremuri, mă interesa cel mai mult să discut despre politică. Îmi plăcea să citesc ziarele dimineaţa şi să vorbesc cu colegii de birou. Era singurul lucru despre care puteam vorbi. În timp ce-mi făceam treaba, comentam ştirile. Apoi dezbăteam cât ţinea pauza de prânz. De când m-am pensionat, nu găsesc pe nimeni cu care să vorbesc. În niciun caz cu soţia mea, care nu are nicio idee despre ce se întâmplă în lume. Înainte asta nu mă deranja, ea avea universul ei, eu îl aveam pe al meu, coabitam într-o mică singurătate care mă apăsa din când în când, fără să se transforme în dramă.

Uneori, îmi smulge din mâini ziarul pe care-l citesc şi îmi aminteşte că este de faţă şi că trebuie să-i respect prezenţa. Îi dau dreptate, ridic ziarul, îl împăturesc şi îi propun să jucăm cărţi. Asta o enervează şi mai tare. Strigă: „Să jucăm cărţi? De ce nu baba-oarba?" De unde o fi scos povestea asta cu baba-oarba? Trebuie să o fi văzut la televizor.

Dacă într-o dimineaţă nu-mi fac griji cu privire la evoluţia bolilor ei (sunt diverse, numeroase şi, mai ales, imaginare), se înfurie şi mă pedepseşte: „Azi, pentru că mă ignori, n-o să gătesc, n-ai decât să te duci la Abdelmalek să mănânci un sendviş".

Abdelmalek a fost primul marocan care a adus sendvişul în Tanger. Se întâmpla la începutul anilor '60. Sendvişul lui ajunsese faimos pentru că era mare, bun şi variat. Familii întregi stăteau la coadă pentru a mânca sendvişul Abdelmalek.

Ea ştie că urăsc sendvişurile. Îmi place să stau la masă, să mănânc în linişte, fără să mă grăbesc. Pentru mine este un moment important.

Nu reuşesc să-mi dau seama când s-a transformat viaţa noastră într-un infern. Bineînţeles, a avut loc tragedia, totuşi infernul datează de mai mulţi ani.

7

MALIKA

Am păstrat o amintire frumoasă a nunții noastre. Vara anului 1985 a fost deosebit de blândă. Nici călduri mari, nici vânt dinspre est. Familia lui Mourad nu era nici numeroasă, nici prea exigentă, ceea ce le convenea de minune părinților mei. Tata ținea în mână carnetul roșu în care nota toate cheltuielile. Își stabilise un buget și trebuia să facă totul ca să nu-l depășească. Ba chiar încerca să facă și niște economii. Mama era de acord cu el, deși uneori voia să salveze aparențele. Mica petrecere a mers bine. Darurile au fost de calitate. Asociatul tatei ne-a oferit un frigider. Soțul meu era fericit și destul de intimidat. În prima seară, mi-a scos rochia cu delicatețe și m-a mângâiat îndelung. Simțeam în el un fel de teamă, probabil la fel ca a mea. Ne lipsea experiența, eu eram virgină, iar el trebuie să fi avut câteva relații cu servitoare sau chiar cu prostituate, așa îmi imaginam. Părea destul de bine dotat. Mângâierile lui erau blânde. Și-a acordat timp să-mi descopere trupul, l-a sărutat fără grabă și mi-a șoptit cuvinte dulci ca acelea pe care le auzisem în unele cântece egiptene. Înainte de momentul decisiv, era nervos, apoi a pătruns în mine și eu am țipat scurt.

Sângele cursese pe cearșaf. Eram liniștiți. Eu știam că n-am de ce să mă tem. Niciun bărbat nu se apropiase de mine. El nu făcea mare caz de asta. Chiar mi-a zis: „O să fie mulțumiți, onoarea lor e intactă!“

În dimineața următoare, mama a luat cearșaful, cu strigăte de bucurie. Virginitatea mea, onoarea mea, onoarea lor. Totul era în siguranță, iar noua viață putea începe. Am auzit *youyou*[1] și laude închinate Profetului nostru. Totul mergea bine. Soția era fără pată. Soțul era bărbat adevărat. Petrecerea putea să continue.

În timp ce Mourad a plecat la hamam, femeile din familie m-au vizitat și mi-au pus întrebări foarte jenante. O verișoară m-a întrebat ce dimensiune are sexul soțului meu, alta mi-a șoptit ceva la ureche ca să afle dacă m-a lins. Curiozitatea lor nu avea limite. Nici mama n-a fost mai delicată. M-a întrebat direct: „E bine motivat? E bărbat adevărat?“ Din pudoare, nu am răspuns. I-am spus doar că nu are de ce să-și facă griji. Una dintre mătușile mele, cunoscută pentru gura slobodă și pentru vulgaritatea

[1] Strigăte lungi, ascuțite și modulate, pe care femeile din țările arabe și din unele țări din Africa le scot în anumite împrejurări, în general, pentru a-și exprima bucuria (n. tr.).

ei, mi-a zis: „Te-a..." Mama i-a acoperit gura cu mâna, ghicind ce voia să întrebe.

În primele luni am locuit cu părinții mei. Totul mergea perfect. Eram îndrăgostiți și nu vorbeam despre altceva.

Mama mă învățase croitorie. Mă specializasem în caftane tradiționale. Datorită relațiilor de familie aveam comenzi. Soțul meu era contabil la asociatul tatei. Era serios și apreciat. Am rămas însărcinată la trei luni după nuntă. Îmi aduc aminte de bucuria lui Mourad. A cântat, a dansat, a bătut din palme.

Dragostea a venit încet, nu a fost dragoste la prima vedere. Mă gândeam: „Vom învăța să trăim împreună, poate să ne iubim, altfel va fi un dezastru pe care va trebui să ni-l asumăm până la sfârșit". În familia noastră nu se divorțează, este un fapt, un principiu; mergi până la capăt, chiar dacă este un iad; dacă nu cumva el decide să mă repudieze pentru că nu aș reuși să-i nasc un fiu, așa se întâmplă dintotdeauna.

Mama mă avertizase: „Să rămâi cât mai repede însărcinată!" Și adăugase cu un dram de ironie: „Apoi îl îngreunezi, îi faci trei sau patru copii, în felul ăsta o să fie blocat, n-o să se poată mișca și o să-l păstrezi pentru totdeauna. Îți repet ce mi-au spus mama și bunica atunci când m-am căsătorit cu tatăl tău. Știi bine că în țara asta femeia nu are drepturi, așa că-și impune alegerile și se descurcă cu ce-i oferă viața!"

Îngreunezi! Nu mi-a plăcut deloc cuvântul. O povară, o greutate, doar asta însemna să ai copii? I-am urmat totuși sfaturile...

Când eram abia logodiți, eu și Mourad am făcut o nebunie. Așa cum am spus, relațiile noastre erau foarte stricte, iar părinții mei mă lăsau să ies cu el doar vinerea, după rugăciune. De cele mai multe ori, ne plimbam de-a lungul falezei, pe Avenue d'Espagne, mâncam înghețată la Valenciana și apoi mă ducea imediat direct acasă. Dar într-o zi mi-a spus că mergem să petrecem puțin timp la un prieten de-ai lui. Am înțeles că nu era așa atunci când a împins ușa unei pensiuni spaniole pe bulevardul Pasteur. I-a strecurat o bancnotă portarului, iar acesta i-a dat o cheie. Am refuzat să-l urmez. Nici nu se punea problema să rămân singură cu el într-o cameră de hotel. Vedem asta în filme, dar eu nu sunt actriță, de altfel, ca să faci meseria asta, trebuie să fii un pic târfă. M-a tras de braț, m-a implorat, mi-a zis că intrăm doar să bem o limonadă în liniște. În final, am cedat. Odată ajunși în camera cu obloane închise, m-a cuprins de talie și recunosc că m-a luat un fel de amețeală, aproape să leșin, i-am simțit sexul tare și m-a inundat dorința, nu mai știam unde mă aflu sau ce fac. Cu toate acestea, am păstrat bine în minte ideea de a rămâne virgină până la căsătorie. Mi-a ridicat rochia și m-a mângâiat între coapse. L-am împins cu toată puterea, deși simțeam o plăcere neașteptată. Era o luptă inegală, în care, pe de o parte, îl împiedicam să meargă mai departe și, pe de altă parte, rezistam ca să nu cedez unei dorințe satanice. A fost ciudat și, în același timp, destul de plăcut. Am strigat și atunci el s-a îndepărtat și mi-a cerut scuze. Mi-am aranjat hainele; am observat o pată pe șlițul lui. Când să ieșim din cameră, un bărbat îmbrăcat în gri, cu o cămașă roasă la guler și o cravată prost legată, gri sau maro, nu mai știu, și-a scos portofelul în care avea legitimația de polițist. I s-a adresat lui Mourad:

— Cine este această femeie?

— Logodnica mea.

— Aveți contract de căsătorie?

— Nu, dar tocmai am făcut actele, plănuim să ne căsătorim în această vară.

— Aha! Și tu crezi că o să înghit povestea asta? Știi că articolul 490 interzice relațiile sexuale în afara căsătoriei consumate?

— Nu, nu știam.

— Îți bați joc de mine. Haideți amândoi la secție!

Am început să plâng, implorându-l să ne lase să plecăm.

— Îmi fac doar treaba. Am fost anunțați de oameni cinstiți; faceți de rușine societatea. Știți câți ani de închisoare riscați?

Mourad a spus brusc:

— Putem să aranjăm.

— A, bine! Cum? Să-i spui judecătorului că vă plimbați prin grădina publică? Nu, nu ține.

Mourad a scos din buzunar toți banii pe care îi avea, două sau trei bancnote de o sută de dirhami. S-a lăsat tăcerea, o tăcere lungă în timpul căreia mi-am ținut respirația. Rușinea. Am văzut pete roșii pe gâtul logodnicului meu. Polițistul se prefăcea că se gândește, se uita la bancnote, întorcea capul, apoi, ca un hoț, s-a apropiat de Mourad și i le-a smuls cu o mișcare bruscă și violentă.

— Data viitoare, faceți-o la voi acasă! Nerăbdarea o să vă bage în belea.

Apoi a dispărut. Când am ieşit din pensiune, Mourad i-a aruncat o privire furioasă portarului, apoi am plecat în fugă.

Da, eram nerăbdătoare. Îmi petreceam timpul visând la momentul în care mă voi dărui bărbatului meu în toată legitimitatea. A fost ultima noastră ieşire de vineri. El îmi scria poezii de dragoste destul de emoţionante, uneori în arabă, alteori în franceză. Eu nu puteam să scriu versuri atât de frumoase. Nivelul meu şcolar se rezuma la o diplomă. Am renunţat la liceu din cauza părinţilor mei, care îşi făceau griji tot timpul pentru mine. Eram doar trei fete într-o clasă de treizeci de elevi. Acest amestec îl neliniştea pe tata. În ceea ce o priveşte pe mama, îi părea rău că abandonez studiile, dar nu intenţiona să se opună unei decizii luate de soţul ei.

8

SAMIA

13 octombrie 2000

Cei doi frați ai mei vor să mă joc cu ei. N-am chef de joacă. Nu mai sunt copil, cel puțin așa simt. Mi se întâmplă să mă întreb de unde provine această seriozitate. Nu sunt nepăsătoare, nu sunt precum ceilalți, la școală am cele mai bune note fără să fac niciun efort, ceea ce mi-a atras gelozii absurde, nu m-am jucat niciodată cu păpușile, Barbie mi se pare ridicolă, văd lumea așa cum este, nu foarte frumoasă, și, în același timp, nu-mi pierd speranța de a-mi vedea cândva părinții trăind în pace, veseli și fericiți.

Visurile mele nu sunt fabuloase. Le limitez la o categorie pe care o numesc „posibil". Nu visez să merg pe Lună sau să întâlnesc un „prinț fermecător". Care-i treaba cu acest prinţ? Farmecul nu le este dat în mod obligatoriu prinţilor. Visez, de exemplu, să cresc într-un mediu liniştit. Nu suport sărăcia care se manifestă peste tot în oraş. Prea mulţi cerşetori, prea mulţi copii abandonaţi, prea multă nedreptate. Mama îmi spune că asta este voia lui Dumnezeu şi n-avem ce face! Dumnezeu serveşte drept scuză. Am numărat zilele trecute, de acasă până la liceu, şapte cerşetori, inclusiv două femei, fiecare cu câte un bebeluş expus pentru a trezi mila.

Şi ştiu că poezia nu poate face nimic în această privinţă. Mă refugiez în cuvinte pentru a nu suferi la vederea acestui spectacol. Tata îmi tot repetă că sunt un copil precoce. Este ceea ce eu numesc „seriozitatea mea".

L-am văzut mai devreme pe bărbatul care mi-a oferit stiloul. I-am zâmbit. Mi-a dat un ziar şi mi-a spus: „Poate că într-o zi poeziile tale vor fi publicate pe prima pagină. Într-o zi. Deocamdată munceşte, cuvintele sunt periculoase, trebuie îmblânzite..." I-am mulţumit şi am plecat aproape alergând.

Revista de poezie este o foaie mare pliată în două. Citesc textele publicate. Nimic extraordinar. Nu înţeleg de ce poeziile sunt însoţite de fotografiile acestor tineri autori. Majoritatea sunt fete. Mă miră că găsesc portretul lui Ghizlane, verişoara mea. Habar n-aveam că scrie poezii. Le-am citit şi le-am recitit. Mi se par confuze şi cam naive. Ghizlane este o fată drăguţă, mai mare decât mine cu doi ani. Ştiu că părinţii ei se plâng că iese prea des în oraş. I s-a dat voie prea devreme să aibă un prieten. Părinţii mei n-ar accepta aşa ceva. Am încercat o dată să o apăr în faţa părinţilor mei, dar n-am auzit decât judecăţi neîntemeiate.

Mama chiar o suspectează că are o relație cu un bărbat însurat. A aflat asta la hamam, adevărata cameră de ecou a orașului. Aici, trăim gândindu-ne tot timpul la ceea ce ar putea spune oamenii. Părerea celorlalți despre tine este o obsesie. Ne este teamă să nu fim arătați cu degetul, să nu fim ținta unor insinuări de natură sexuală.

Fiul vecinului nostru a fost arestat de doi bărbați îmbrăcați în civil, care pretindeau că sunt ofițeri de poliție. Este în ultimul an la liceu. Mama mi-a spus: „Face politică. În țara asta, a face politică înseamnă a nu-l iubi pe regele nostru preaiubit!" Se referă la Hassan al II-lea, care n-a binevoit niciodată să viziteze Tangerul.

Părinții lui nu au nicio veste despre el. Se tem că e vorba despre o dispariție planificată, așa cum se întâmplă adesea în cazul opozanților. Dar e un puști, n-are nici măcar șaptesprezece ani. Polițiștii afirmă că îl caută. Susțin că nici ei, nici jandarmeria nu l-au arestat.

Mă gândesc adesea la el. Mă întreb: „Și dacă într-o zi dispariția lui va fi confirmată?" Ce oroare! Într-o dimineață a reapărut, nonșalant, refuzând să spună unde fusese. Cred că a fost amestecat într-o problemă legată de droguri.

Tata a profitat de ocazie ca să-mi țină o lecție: „Vezi tu, fata mea, aici suntem într-o țară în care, câtă vreme nu te ocupi de politică, trăiești bine. Dar, dacă într-o bună zi te hotărăști să te revolți, să te opui regelui nostru preaiubit, atunci faci politică. Și, la noi, să faci politică înseamnă să te situezi în afara societății, iar acolo lucrurile merg foarte rău, așa că învață bine la școală și nu-ți bate capul cu restul. Săraci au existat întotdeauna, n-o să schimbi tu fața lumii". I-am atras atenția că vorbește despre o epocă apusă. I-am reamintit că noul rege o să schimbe toate acestea. Era tânăr, era frumos, era hotărât, era în special un om modern. Tata a oftat și mi-a zis râzând: „Ești îndrăgostită..."

Să schimbi fața lumii cu nisip și cuvinte
Să urci pe munte mergând cu spatele
Dar această viață este plină de gropi
De fântâni de cenușă și capcane
Umblu cu ochii deschiși
Fiindcă știu că omul este bun
Și doarme atât de rău...

9

MOURAD

Sunt un om supărat. Uneori simt că sunt chiar rănit. Slăbiciunea mea în fața Malikăi m-a făcut pe jumătate bărbat. Dacă astăzi sunt în această stare, dacă relațiile noastre au devenit toxice, vina este, în principiu, a mea.

La câteva luni după căsătorie, datorită unui concurs lansat de Ministerul Echipamentelor, am părăsit compania asociatului socrului meu și am intrat în administrația publică. Am devenit un funcționar serios, respectat și chiar invidiat. Salariul nu era grozav, dar îmi asigura stabilitatea financiară. Malika susținuse această schimbare. M-am gândit la început că, la fel ca mine, și ea consideră că e de preferat să fii funcționar al statului decât angajat într-o companie al cărei viitor nu e sigur. Salariul meu era net superior la minister, iar asta îi plăcea. Am părăsit casa părinților ei și noua noastră viață era destul de satisfăcătoare. Malika făcea caftane, iar eu lucram într-un birou împreună cu doi colegi, dintre care unul se dădea în fiecare dimineață cu un parfum care ne provoca migrene. Cu puțină diplomație, l-am convins să-l schimbe, dar nu l-am putut împiedica să fumeze în prezența noastră.

În oraș circulau cu insistență zvonuri cum că biroul 9, unde fusesem repartizat, e „biroul cafelei". Trebuie să vă explic. Evident că nu aveam vreun aparat de preparat cafeaua. Dar, pentru a sugera corupția, oamenii spuneau „le place foarte mult cafeaua", unii adăugau: „cafeaua tare și foarte grea". Nu înțelegeam la început cum o cafea poate fi grea. Cei doi colegi ai mei râdeau de mine și de integritatea mea, care li se părea ciudată. Trioul nostru nu putea funcționa fiindcă eu eram grăuntele de nisip care bloca motorul aparatului. Așa eram eu, educația mea, moralitatea mea, etica mea, caracterul meu nu lăsau loc corupției. Mă mândream cu cinstea mea ireproșabilă. Inițial, cei doi colegi au dat dovadă de răbdare, unul din ei chiar îmi zicea: „Am trecut și noi prin asta. O să vezi, o să ajungi și tu ca toată lumea. Deocamdată faci pe eroul, te lăsăm să te convingi..." Celălalt spunea: „Dar de unde vii? Doar nu ești suedez!" Și izbucneau în râs, un râs hidos, de satisfacție, deranjant.

Ridicam din umeri și îmi vedeam de treabă. Atmosfera devenea din ce în ce mai neplăcută. Tipul care se parfuma dubla cantitatea pentru a mă face să mă simt și mai rău. Deschideam fereastra să aerisesc. El o închidea. Complicele său făcea întruna comentarii jignitoare pentru a mă irita sau a mă face să cedez. Dar eu rezistam. Nu discutam despre asta cu nimeni. Şeful m-a chemat la el într-o zi ca să-mi ceară să dau dovadă de caracter marocan. M-am uitat la el, uimit.

— Ce-i cu caracterul marocan? Nu sunt algerian.

— Mă înţelegi tu, fiindcă eşti o persoană bine-crescută, refuzi să admiţi realitatea.

Mi-am menţinut poziţia, aşa că el mi-a explicat cum stăteau lucrurile:

— Un pic de flexibilitate, prietene. Fără flexibilitate, toată lumea ar muri de foame. Crezi că salariul de la stat ne permite să trăim decent? Ce salariu ai? Trebuie să fii pe treapta trei, eşti căsătorit, îmi imaginez că ai copii sau că nu peste mult timp o să ai, aşa că gândeşte-te... citeşte printre rânduri...

L-am salutat şi am plecat abătut. Evident, ştiam toate astea, despre care tata ne vorbea tot timpul. Tocmai îmi terminasem studiile şi făcusem cerere pentru paşaport. Completasem o grămadă de formulare şi, când depusesem dosarul, tata mă avertizase:

— Bietul de tine! Crezi că au să-ţi elibereze paşaport pe ochi frumoşi? Las-o baltă. Nu dispunem de mijloacele necesare ca să avem paşaport. Pentru a obţine o copie după certificatul tău de naştere, a trebuit să-i strecor o bancnotă tipului, care mi-a dat-o imediat. Dar pentru un paşaport tariful e mult mai mare, trebuie să... Prefer să nu iau în considerare posibilitatea. Las-o baltă, o să călătoreşti în ţara ta, Marocul e frumos şi sunt atâtea lucruri de descoperit.

A trebuit să aştept un an întreg ca să obţin paşaportul. Eram fericit, nu corupsesem pe nimeni. Dar, ca răzbunare, funcționarul a strecurat în el mai multe greșeli în numele meu, data nașterii și chiar numele părinților. Nu mă mai chema Mourad, ci Marad, prenumele tatei fusese stâlcit, Hassan devenise Hussein, iar mama era Foutaima în loc de Fatma. În ceea ce privește data nașterii, tipul mă îmbătrânise cu doi ani!

Am trăit cu acest pașaport fals pentru o lungă perioadă. A fost prețul pe care l-am plătit în lupta mea încăpățânată împotriva corupției.

Cei doi colegi ai mei au decis să schimbe tactica. Au devenit mieroși, prudenți, ceea ce mă agasa. Aveau nevoie de semnătura mea pe anumite dosare. Le studiam serios, pe îndelete. De multe ori lipseau un document sau două. Refuzam să semnez până când actele respective nu erau aduse. Colegii mei închideau ochii. Eu nu.

Când mă întorceam acasă, îi povesteam Malikăi, dar am remarcat că abia mă asculta. Nu-i înțelegeam atitudinea. Într-o zi, mi-a aruncat pantofii lângă pubelă, strigând:

— Au o gaură în talpă.

— Da, știu, mă gândeam să-i duc la cizmar.

— Cizmarul n-o să-i poată repara; ai nevoie de pantofi noi, dar nu-ți ajunge salariul. Nu vorbesc de mine, din fericire, eu câștig din croitorie destul cât să-mi cumpăr cosmetice, dar nu putem continua să trăim ca niște săraci.

— Și cu salariul meu, tot săraci suntem!

— Ei bine, eu refuz. Refuz să trăiesc în mizeria asta. Îi urăsc pe săraci. Și îți spun clar: sunt săraci din vina lor. E valabil și pentru tine.

— Ce propui?

— Ce propun? Să deschizi ochii! Pe ce lume trăiești?

Am înțeles în acea zi cât de imensă îmi va fi singurătatea. Era normal să fie furioși colegii de birou pentru că nu intram în jocul lor, dar să le dea dreptate soția mea era culmea!

Repetam acest cuvânt, „culmea", ca și cum aș fi căutat să mă liniștesc. Ea m-a auzit.

— Culmea? Cum adică? Nu sunt culmea, mă auzi, sunt dintr-o familie bună și mult mai educată decât tine! Așa că lasă insultele șoptite în barbă.

Era pe vremea când îmi lăsasem barbă ca să arăt viril.

Așteptam primul nostru copil. Făceam eforturi pentru a fi agreabil, grijuliu, atent. Ea era prost dispusă tot timpul. Nu o acuzam, încercam din când în când să fac câte o glumă. Într-o zi mi-a urlat în față:

— Eu n-am umor, nu sunt ipocrită!

Seara, când m-am apropiat de ea ca să facem dragoste, m-a respins:

— Mai întâi rade-ți barbișonul ăla ridicol.

Ceea ce am făcut imediat.

A doua zi, ministrul meu, ministrul Lucrărilor Publice și Echipamentelor, a venit să inspecteze biroul nostru. Purta mănuși albe. Mi s-a părut ciudat. La un moment dat, când a sosit guvernatorul, și le-a scos ca să-l salute. Atunci am văzut ce ascundea. Avea vitiligo, pete albe și rozalii. După ce a plecat, am vorbit despre asta cu colegii mei. Au început să râdă.

Omul parfumat mi-a dat o explicație:

— Postul lui e cunoscut pentru cafea. Dar conștiința îl chinuie, îl pune în situații scabroase, iar asta se reflectă chimic prin apariția acestor pete care-l fac să arate ca o vacă.

Colegul său, considerând că nu e suficient de clar, a intervenit:

— E ca tine. La început nu accepta realitatea, apoi a intrat în rând. Iar aici rândurile, normalul înseamnă plicul strecurat într-o carte de bucate sau într-o carte de buzunar pe care nimeni n-o citește. Fii atent, dacă nu-ți schimbi atitudinea, o să ai, la fel ca el, o frumoasă piele de vacă!

10

MALIKA

Îmi iubesc soțul, dar nu știu cum să i-o spun sau să i-o arăt. Da, mă enerva când afirma că este integru și că niciodată în viața lui nu s-ar atinge de un ban murdar. Dar nu știa sau nu voia să admită că e singurul atașat de această integritate, care și-a pierdut sensul într-o țară unde corupția a devenit o economie paralelă și indispensabilă. Copiii noștri au mers la școala publică. Mi-ar fi plăcut să le pot plăti studiile într-o instituție privată. Dar Mourad se opunea. Făcea temele cu ei și nu mai termina cu laudele la adresa învățământului public.

Din cauza lipsei sale de flexibilitate, abia dacă ne ajungeam cu banii. El zicea: „Sunt cinstit într-un mediu corupt; sunt cinstit pentru că asta îmi permite să dorm bine“.

Ne lipseau atâtea. Îi reproşam asta şi mărturisesc că am avut momente când îmi venea să-l pocnesc. Da, să-l bat pentru că era încăpăţânat şi rupt de realitate. În principiu, educaţia mea ar fi trebuit să mă îndemne să-l felicit şi să-l sprijin în lupta sa împotriva putregaiului care cangrena ţara. Dar sunt realistă. Aşa că, în ziua în care verişoara mea şi-a cumpărat o centură de aur tradiţională, mi-au dat lacrimile. Ştiam cât câştigă soţul ei, ştiam că primeşte bani ca judecător. Toată lumea ştia. Se vorbea chiar despre tarifele lui. Îşi angajase un fel de agent care îi contacta pe clienţi şi le propunea să le aranjeze afacerea în schimbul unei anumite sume. El nu părea amestecat în tranzacţie. Nimeni nu putea să-l bănuiască sau să-l acuze că primeşte bani. Bineînţeles că, din punct de vedere moral, condamnam asemenea practici. Dar soţul meu nu era judecător, era un contabil mărunt, care trebuia să-şi pună semnătura pe documente ce le permiteau oamenilor să-şi construiască proprietăţi. Îi tot spuneam că n-o să facă rău nimănui. Pe când judecătorul îi priva de dreptate pe cei nevinovaţi. Era cu totul şi cu totul altceva.

A existat dragoste între noi. În primii ani, ne-am înţeles bine în cea mai mare parte a timpului. El era blând şi eu eram tandră. El era atent şi eu eram foarte grijulie cu el. El era elegant şi eu eram frumoasă, pentru că eram îndrăgostiţi unul de celălalt. Nu se întorcea niciodată acasă cu mâna goală. Întotdeauna, o floare, nişte fructe, o mică bijuterie, o ţesătură.

Când i-am spus că sunt însărcinată, a fost nebun de bucurie. A îngenuncheat şi mi-a sărutat pântecul. I-am observat lacrimile de pe obraji. Îmi amintesc noaptea în care am poftit la banane. Pofta unei gravide nu poate aștepta. A plecat în oraș la două dimineața și s-a întors după o oră cu un kilogram de banane.

Mourad era un bărbat minunat. Eu eram bună și făceam totul pentru ca fericirea noastră să fie strălucitoare și trainică.

11

MOURAD

Veşti bune! Malika, în ciuda stării sale, a acceptat să se ducă să pregătească trusoul de nuntă al unei nepoate la care ţine foarte mult. Voi putea să mă bucur de o zi, poate chiar şi de o noapte de pace. O linişte nesperată. Voi putea să mă odihnesc şi, mai ales, să fac tot ce-mi trece prin cap fără să-i aud comentariile tăioase. Ca un copil de ziua lui, încep să-mi alcătuiesc în minte o listă cu ce voi face. Datorită plecării ei, mă simt mai bine şi casa, de asemenea, se odihneşte. Pereţii şi mobilierul, plantele şi covoarele, totul arată bine. Îi mulţumesc acestei nepoate care a avut ideea genială de a-mi da o zi de concediu, o zi de permisie, ca un prizonier căruia i se acordă o ieşire pentru bună purtare.

Pe la ora zece, Malika s-a îmbrăcat, şi-a pus *djellaba* şi a aşteptat-o pe sora ei, care locuieşte în Vieille Montagne, să o ia cu maşina. De când a sunat la uşă, inima mi-a tresărit şi am început să zâmbesc ca un idiot.

Primul lucru pe care l-am făcut a fost să mănânc. M-am aşezat în bucătărie, am deschis frigiderul şi am scos tot ce-mi doream. Am pus felii de pâine în prăjitor şi am desfăcut un pachet de unt. Îmi place să mănânc pâine caldă cu unt. Ştiu, este rău pentru colesterol. Dar un punct în plus sau în minus la valoarea colesterolului nu mai contează pentru mine. Mi-am făcut o cafea bună. I-am inspirat aroma şi m-am simţit fericit.

Apoi, mi-am făcut puţin toaleta, mi-am schimbat lenjeria de corp şi cămaşa. Mi-am scos costumul vechi, pe care îl port la ocazii speciale. Mi-am pus cravata Hermès dăruită de soţia unui dezvoltator imobiliar care fusese la Paris, apoi m-am instalat în salon, după ce am deschis ferestrele. Am scos un trabuc pe care îl ascunsesem cu mult timp în urmă şi l-am aprins. Am fumat în salon cu o plăcere extraordinară. Mi-am turnat puţin coniac. Eram în al nouălea cer. Durerile îmi dispăruseră. La fel şi oboseala.

După un timp, m-am uitat în agendă şi am decis să o sun pe Zoulikha, prima mea iubire, prima şi ultima mea iubire. Trebuia să ne căsătorim, dar tatăl ei a făcut totul pentru a ne despărţi. Eram student pe atunci şi nu aveam nicio situaţie materială. Cum aş putea să uit ziua în care am fugit împreună şi ne-am petrecut noaptea într-un hotel din Ceuta? În dimineaţa următoare, mama Zoulikhăi a venit să-şi ia fiica şi m-a ameninţat că o să depună plângere la poliţie pentru corupere de minori. Aveam doar un an mai mult decât ea şi eram, de asemenea, minor.

Din cauza poveștii noastre, familia ei a părăsit Tangerul și n-am mai avut vești de la Zoulikha.

Abia mai târziu am aflat că s-a măritat cu un om de afaceri din Nador, probabil un traficant de *kif*[1], că are trei copii și că s-a îngrășat. A rămas văduvă destul de devreme și s-a recăsătorit cu un colonel de armată care lucra în provinciile din sudul Marocului.

Din ce auzisem ultima oară, divorțase și se mutase în casa părinților ei din Tanger.

Îmi tremura mâna când am luat receptorul și am format vechiul număr. Eram sigur că nu mai există și că n-o să răspundă nimeni. Dar mi-am încercat norocul. La al treilea apel, o voce familiară a răspuns:

— Cine e?

— Eu.

Au urmat câteva momente de tăcere, apoi un hohot de râs, al cărui secret doar ea îl știa. Am început și eu să râd. La mai bine de patruzeci de ani de la despărțirea noastră, aveam aceeași dorință de a râde și de a vorbi unul cu celălalt. Am făcut schimb de banalități, apoi mi-a mărturisit că, la fel ca mine, era obsedată de noaptea noastră la Ceuta.

— M-am gândit adesea la călătoria aia, la seara și la noaptea petrecute în orașul marocan ocupat de Spania. Știi, n-am dus-o rău, dar parfumurile, râsul, cuvintele acelei nopți nu se compară cu nimic.

— Și eu îmi amintesc! Am revăzut filmul fugii noastre de o mie de ori și îmi place să rememorez fiecare detaliu. Ca, de exemplu, gustul acelei tortilla pe care am mâncat-o

[1] Un fel de canabis consumat în Maroc și Algeria (n. tr.).

pe plajă. Şi apoi o văd pe mama ta dimineaţa, la recepţia hotelului, mă văd pe mine tremurând în faţa ei, încercând să-i explic că ne iubim. A răspuns foarte nervoasă: „Ce mai e şi poveste asta de dragoste? Vă credeţi într-un film?“

Deodată, am simţit tăcerea de la celălalt capăt al firului. Zoulikha a murmurat:

— Mourad, îţi mulţumesc că m-ai sunat.

— Nu închide, avem atâtea să ne spunem...

— Da, dar trebuie să închid, e ora pentru rugăciune.

Am fost surprins şi dezamăgit. Devenise credincioasă, ea, care critica toate religiile, care adesea se îmbrăca provocator, ea, rebela, frumoasa, superba îndrăgostită de dragoste şi de sex, devenise musulmană practicantă! Nu-mi reveneam. Am pus receptorul la loc şi am rămas abătut, năucit, incapabil să-mi recapăt buna dispoziţie. O emoţie puternică m-a copleşit. Am simţit o durere de stomac teribilă. Şocul de a-i auzi râsul, urmat de chemarea la rugăciune.

Am închis ferestrele, am golit scrumiera, mi-am scos costumul, mi-am pus pijamaua şi m-am aşezat în fotoliul meu vechi ca să mă uit la televizor. Era un imam care ţipa la bărbaţii şi femeile ce se abat de la calea virtuţii. Avea o faţă de o urâţenie insuportabilă, genul vicios, care face totul pe ascuns. Se credea înaintea unui public docil şi binevoitor. Mă irita. Am oprit televizorul, am luat un ziar vechi care zăcea pe jos şi am citit informaţii care nu mai prezentau niciun interes.

Amintirile sunt rele. Nu ştiu unde se cuibăresc sau cum revin la viaţă pentru a ne spune că sunt doar petale sau rouă care dispare îndată ce deschidem ochii. De aceea urăsc nostalgia, chiar dacă dorința de a mă lăsa pradă ei apare din când în când.

Există în subsolul nostru o oglindă destul de veche, cumpărată din piața de vechituri de la Tétouan. Se pare că ar fi aparținut unei familii de evrei care, de la o zi la alta, au decis să plece în Israel. Vânzătorul mi-a spus povestea lor. Marocul și-a pierdut evreii și este o pierdere uriașă. Și-au părăsit țara, pământul, casa pentru a merge să-și refacă viața într-un stat care i-a primit atât de rău. Când mă gândesc la asta, mă simt trist pentru că am fost lipsiți de o parte importantă a culturii și patrimoniului nostru.

Din aceste motive îmi place oglinda în mod deosebit. Mă uit la ea și mă întreb câte amintiri a păstrat. A fost martora multor scene și petreceri. O întreb și îmi imaginez că memoria ei se golește la picioarele mele. Am impresia că oglinda plânge. Însă eu sunt cel care are ochii plini de lacrimi. Nu mai știu dacă tristețea mea provine de la oglindă sau de la telefon. Îmi mut privirea când la un obiect, când la celălalt și simt cum crește în mine dorința de a mă acoperi cu un cearșaf și de a dormi ca și cum aș fi în Toscana, vara, la umbra generoasă a unui smochin. Durerile de stomac mă determină să mă ridic de mai multe ori pentru a merge la baie.

Mă doare spatele. Mi-e greu să mă ridic. Am chef să fac o plimbare de-a lungul falezei și să beau un ceai la Continental, care nu s-a schimbat. Oare amintirile mi s-ar șterge dacă aș sta pe o bancă, cu fața spre port? Aș vedea cele trei catarge ale *Olandezului Zburător* apărând în depărtare? Nu, mai bine îl ascult pe John Coltrane. Cu el, îmi iau zborul şi mă poartă spre ceruri mai îngăduitoare decât cele promise de religii. Coltrane se numără printre acele fiinţe excepţionale care vin pe lume pentru a alina tristeţea oamenilor, apoi pleacă brusc. A murit în 1967, la vârsta de 41 de ani.

Din când în când revăd *Pandora*, în care Ava Gardner joacă rolul unei femei fatale. Orice bărbat care se îndrăgosteşte de ea ajunge să-şi piardă viaţa într-un mod tragic. La sfârşitul filmului, obosită de acest destin morbid, ea se aruncă în mare şi înoată în direcţia unui vas care aşteaptă în larg, vas al cărui căpitan este nimeni altul decât cel pe care legenda îl numeşte *Olandezul Zburător*. După cum susţine legenda, „i se permite să trăiască o viaţă umană timp de şase luni, o dată la şapte ani. Blestemul va fi ridicat numai dacă o femeie va accepta să moară pentru el din dragoste".

Îmi place să mă identific cu acest căpitan enigmatic, eu, care nu ştiu să înot şi care mă tem de apă. Asta e, ai ce fantezii poţi.

Malika s-a întors seara târziu. Am auzit-o văitându-se ca de obicei. Nimeni nu reuşeşte să-i câştige bunăvoinţa. Spunea că nepoata ei s-a îngrăşat şi că logodnicul pare un băiat destul de drăguţ. A vorbit despre bani. N-am înţeles nimic din ce zicea. Sunt departe, sunt în altă parte. Da, în Toscana, unde vântul este răcoros şi somnul vine atât de uşor.

12

MALIKA

Samia a venit pe lume în 1984, în prima zi de primăvară. Am născut acasă. Hania, moaşa, este o prietenă de familie. Totul a mers bine. Tata cumpărase oaia pentru botez. Notase în carnetul lui ziua şi ora naşterii, apoi, ca de obicei, greutatea şi preţul oii.

A avut loc o reuniune de familie restrânsă (ceea ce mama numea „primul cerc"). Mulţi dintre cei apropiaţi nu au fost invitaţi. Mourad încercase să negocieze cu părinţii mei. Dar nu era nimic de făcut. Pretextau că nu e spaţiu suficient. Familia soţului meu a organizat o altă petrecere câteva zile mai târziu. A venit multă lume. L-am auzit pe tata comentând pe un ton batjocoritor: „Ce risipă de bani, va trebui să-l convingem pe ginerele nostru să fie mai econom, nu se ştie ce ne rezervă viaţa".

Această naștere ne-a luminat casa. Salariul lui Mourad a crescut ușor, iar integritatea lui nu mai era un subiect de discuție. În ceea ce mă privește, renunțasem să-l mai îndemn să accepte plicurile, chiar dacă, în sinea mea, consideram atitudinea lui prea rigidă. Fiind prea ocupată cu Samia, încetasem să mai cos caftane. Duceam lipsă de bani. Mourad își dădea seama că nu putem să ne descurcăm cu un singur salariu.

Într-o zi a venit acasă crispat, nervos și a pus un plic pe masa din bucătărie. Am înțeles că rezistența lui fusese înfrântă de realitate. În plic erau bancnote, cam cât jumătate din ce câștiga într-o lună. Mi-a zis:

— E pentru cea mică, pentru pediatru și ca să-i cumperi haine mai frumoase, chestii importate din Spania.

Nu am spus nimic, am pus plicul într-un sertar și i-am propus o cafea.

— Nu, că pe urmă nu pot dormi.

Era într-o stare jalnică. Ceea ce făcuse contravenea educației sale, principiilor sale. Îi era rușine.

— N-o să mă mai pot uita în oglindă.

— Pentru câteva bancnote? Spune-ți că recuperezi ceea ce statul nu-ți dă. Da, prietene, corupția e o formă de recuperare. Statul plătește niște salarii de mizerie și se bazează pe contribuția celor care au bani pentru a se ajunge la un echilibru. N-ai de ce să te rușinezi. N-ai făcut nimic greșit. Așa e țara. Ea provoacă și încurajează corupția. Cred chiar că regele Hassan al II-lea a spus-o într-unul dintre discursurile sale în araba dialectală. El însuși oferă plicuri miniștrilor săi. Se pare că le zice: „Uite, ca să le cumperi cadouri soției și copiilor". L-am văzut într-o zi la televizor făcând semn unui bărbat în alb, care i-a înmânat un plic unui ministru, tot în *djellaba* albă. Îți spun și îți repet că statul a făcut corupția legală și generală. Îți dai seama că un judecător care câștigă abia cât să mănânce pe săturate o să caute să profite de poziția lui. Normal. Nu? Nu crezi că e normal?

— Nu, nu-i normal. Știi bine că putregaiul provoacă putregai. De aceea mă simt murdar.

— Atunci du-te și te spală, fă un duș și eu îți pregătesc între timp mâncarea ta preferată.

O vreme, Mourad a început să citească seara Coranul. Ciudat. Probabil că nu se simțea foarte bine. Ai fi zis că încerca să fie iertat pentru că se alăturase cohortei de oameni corupți din Maroc. Sunt puzderie. Nu există niciun domeniu în care corupția să nu facă ravagii. Chiar și în educație. Evident, există mai multe niveluri. Mourad se afla la nivelul de mijloc, cel care nu cântărește prea greu. Dar, cu timpul și obișnuința, nu mă îndoiam că într-o zi o să ajungă la nivelul potrivit, ceea ce ne-ar fi permis în cele din urmă să ne cumpărăm o casă mare, o mașină bună, bijuterii și haine frumoase. Nu-mi pierdeam speranța că o să-l văd ajungând acolo destul de repede. Trebuia doar să treacă peste sentimentul de vinovăție care îl chinuia permanent. Era blocat de niște frământări care-l făceau nefericit. Dar colegii lui nu-l vedeau așa. Erau chiar uimiți de ceea ce ei numeau „abilitatea“ lui. Fiindcă, într-adevăr, păstrase urme ale marii sale integrități. Nimeni nu îndrăznea să creadă că se lasă cumpărat.

După ce citea din Coran, își făcea abluțiunile și se ruga. De obicei, se ruga numai în Ramadan. Îi plăcea să respecte cu strictețe postul și să revină la propriul sine în rugăciuni și meditații. În mod normal, Ramadanul este pentru noi o lună aparte. Ne mișcăm ușor, cu capul aplecat, în această perioadă care ne amintește că-i aparținem lui Dumnezeu și că îi suntem total devotați. Așa că, fără certuri, fără supărări, fără țipete.

Îmi place cea de-a douăzeci și șaptea noapte, când observăm stelele, gândindu-ne că Dumnezeu decide soarta fiecăruia. Este un ritual care ne liniștește și ne face foarte bine.

Mourad s-a întors spre religie fiindcă cedase presiunii de a se purta ca toată lumea și de a-și uita principiile. Nu mai era faimosul grăunte de nisip. Devenise un om oarecare. Se schimbase, dar pe mine nu mă deranja. În fond, nu făcea nimic greșit.

După rugăciune, o lua pe Samia în brațe și îi spunea o poveste. Vorbea ca și cum ea l-ar fi înțeles. Samia era calmă și se agăța cu mânuțele de cămașa tatălui ei.

Câteva zile mai târziu, am lăsat-o pe Samia la mama și am plecat cu sora mea la Ceuta. O călătorie lungă și neplăceri la vama spaniolă. Voiam să-i cumpăr haine fiicei mele și să profit de perioada reducerilor pentru a-mi oferi o rochie frumoasă.

Ceea ce îmi place la Ceuta este atmosfera de libertate. Femeile sunt libere să vină și să plece, să bea vin la terasele cafenelelor, să fumeze și să arate fericite. Cuplurile se plimbă ținându-se de mână; unii se opresc și se sărută lung. Nimeni nu-i deranjează, nimeni nu-i insultă și, desigur, niciun ofițer de poliție nu-i întreabă dacă sunt căsătoriți sau nu.

În timpul acestei călătorii i-am surprins de mai multe ori, pe străzile orașului, pe verișoara soțului meu și pe logodnicul ei îmbrățișați. Nu știau cum să-și mai ceară scuze. Se bâlbâiau, roșii la față de rușine. Nadia m-a luat deoparte și m-a implorat să nu le spun nimic părinților ei sau altcuiva. I-am promis că o să păstrez secretul și le-am urat o ședere bună.

Privind la viața din Ceuta, mi-am dat seama cât de limitați și de prizonieri suntem noi, în special eu. Religia ne interzice să fim noi înșine. Suntem supuși islamului și ascultăm de preceptele și de poruncile lui. Așa am fost educată.

În drum spre casă, mi-am luat fiica de la mama și l-am informat pe Mourad despre întâlnirea cu verișoara lui. I s-a părut normal. I-am atras atenția că noi doi nu ne sărutam niciodată în public. Mi-a răspuns: „E normal!" Mi-am dat seama că subiectul nu-l interesa și că trebuia să trec la altceva. Și la „e normal!".

Aveam chef să fac dragoste, să închid ochii și să-mi imaginez că ne aflăm în Ceuta, liberi printre oameni liberi. Dar starea de frustrare a lui Mourad era descurajantă. Încă nu se împăcase cu ideea că cedase corupției. M-am gândit că se va obișnui cu timpul și că, până la urmă, chiar îi va plăcea. El ar fi avut planuri, iar noi am fi trăit în liniște și confort. Nu, nu lux, doar un pic de confort, pe care ni l-ar fi oferit câțiva bănuți invizibili.

13

SAMIA

20 octombrie 2000

Casa e mare, prea mare. Camera mea se află la primul etaj, e mică, dar suficientă pentru mine. A băieților e mai spațioasă. Îmi place camera mea mică. E refugiul meu, lumea mea, pajiștea mea, domeniul meu, fără cai, cerul meu, grădina mea. Când mă închid în ea, mă retrag din lume și mă simt bine. Stau liniștită sau călătoresc. Nu mai simt prezența apăsătoare a părinților mei.

Am decorat-o cu puține lucruri. Fotografia unui apus de soare într-o țară îndepărtată, Birmania, mi se pare. O poză cu mine când aveam doi ani. Un portret al Barbarei și unul al lui Oum Kalthoum. Două dive pe care le ador și pe care le ascult des, mai ales seara când nu mă ia somnul. Cântecele lui Oum Kalthoum durează fiecare mai mult de o oră. M-am lăsat legănată de ritmuri lente şi sfâşietoare. De multe ori adorm înainte de sfârşitul cântecului. Pe Barbara am descoperit-o datorită profesoarei noastre de franceză, doamna Lecourtier, care mi-a făcut cunoştinţă cu Éluard şi cu Prévert. Mi-a împrumutat cărţile lor. Am copiat poeziile şi apoi i-am înapoiat volumele. Mi-a oferit un CD cu aproape toate melodiile Barbarei. Îmi place când evocă singurătatea, plictiseala. Şi mie singurătatea mi-a provocat uneori nopţi nedormite şi dimineţi sumbre şi a readus iarna în mijlocul verii. Mi-ar fi plăcut să o cunosc. Într-o zi, doamna Lecourtier ne-a pus să ascultăm în clasă *L'aigle noir* şi ni l-a explicat. Este vorba despre viol şi incest. Nu ştiam acest cuvânt. Ea ne-a explicat că la baza societăţii stă tocmai interzicerea relaţiilor sexuale între copii şi părinţi. Eram şocată. Cântecul ăsta mă sperie. Este compus şi, mai ales, interpretat din tot sufletul. De atunci urăsc păsările de pradă şi chiar am vorbit cu tata despre incest. A ridicat braţele şi mi-a spus: „Fiica mea, să ne ferească Dumnezeu de această ruşine! E bine că vă avertizează la şcoală, e bine, fiica mea!"

Îmi fac patul, îmi spăl rufele, îmi curăţ camera, deschid fereastra să intre aer. Uneori, stau şi mă uit la oamenii care trec; îmi place să-mi imaginez viaţa lor, frământările lor, momentele lor de fericire sau de suferinţă. Am văzut odată un bărbat, probabil un ţăran, bătând o femeie, soţia sau fiica lui. Ea era foarte tânără, iar el, mult mai în vârstă. O lovea peste tot şi o insulta, numind-o târfă, fiică născută din adulter, fiica Satanei. Oamenii se opreau, dar nu încercau să intervină. Am strigat la ei. Nimeni nu mi-a dat atenție. În cele din urmă, femeia a apucat mâna care o bătuse și a sărutat-o. Trebuia să-i ceară iertare.

Altă dată am văzut o mamă care și-a pălmuit copilul. Copilul a fugit și mama a început să plângă. De asemenea, îmi place să o privesc pe bătrâna doamnă care iese la plimbare însoțită de o femeie ce pare a fi servitoarea ei. Merge încet, se oprește și privește spre cer.

Stau și mă uit, mereu se întâmplă ceva. Într-o zi, un vânzător de sardine a început să cânte pentru a-și lăuda marfa. Femeile au coborât să cumpere pește de la el. Îmi amintesc că a plecat dansând, pentru că vânduse tot. În acea zi am avut mare poftă să mănânc sardine așa cum le pregătește mama, cu condimente și coriandru proaspăt. E mâncarea mea preferată.

Azi-dimineață, meșterul care ascute cuțite nu a avut noroc. Își anunță prezența cântând la muzicuță, o tradiție veche, din epoca spaniolă. Dar nimeni nu are cuțite de ascuțit.

Mai e și vânzătorul de mărfuri fabricate în China, ceasuri, covoare de rugăciune, șaluri din material sintetic. Împinge cu greu un cărucior și strigă ceva imposibil de înțeles.

Casa noastră este situată într-un cartier rezidențial, între centrul orașului și șoseaua către Vieille Montagne. Cu timpul, a devenit un cartier foarte frecventat. Vecinul nostru din stânga e medic, iar soția lui e farmacistă. Sunt discreți. Cel din dreapta e un judecător care a fost închis recent pentru corupție. Din fericire, fereastra mea nu dă spre șoseaua către Vieille Montagne, adesea aglomerată de camioane. Aici toți șoferii claxonează. Imediat ce se face verde, reflexul lor este să claxoneze, ca şi cum persoana din faţă doarme şi trebuie trezită. Puţin mai jos, spre capătul cartierului Dradeb, se află băcanul meu preferat. Vinde de toate şi de fiecare dată îmi oferă un mic cadou spunându-mi: „Ai grijă de tine“.

Într-o zi, când m-am întors de la liceu, am intrat în camera mea şi am ţipat aşa de tare, că am trezit-o pe mama, care dormea. A venit într-un suflet, cu părul vâlvoi, urlând: „Ce s-a întâmplat, de ce ţipi?“

Dăduse jos de pe pereţi portretele cântăreţelor mele preferate şi pusese în locul lor un ceas din plastic reprezentând Mecca. La fiecare rugăciune se aprindea o luminiţă şi se auzea un muezin. O chestie fabricată în China, foarte urâtă.

L-am luat şi i l-am dat mamei, spunându-i că ar sta mai bine în camera ei. A început o discuţie absurdă despre religie, Dumnezeu, credinţă, iad şi paradis etc. Nu voiam să am o ceartă de acest fel cu mama, care este o credincioasă naivă. Treaba ei, mie nu-mi pasă.

Seara, i s-a plâns tatei, care a tăcut. Le-am pus pe Barbara şi pe Oum Kalthoum la locul lor. Camera a redevenit universul meu închis, grădina, câmpia şi pădurea mea. Mama nu a mai încercat niciodată să o decoreze după gustul ei.

Aş vrea să aduc marea aici, dar ştiu că este imposibil. Noroc că trebuie doar să cobor bulevardul Hassan al II-lea ca să ajung la golf, să stau pe o bancă şi să mă uit la mare. O voi face într-o zi, dar nu singură.

Mi-e dor de vertij și de focul pe care îl aprind cuvintele
Mi-e dor de sentimentul de a fi în gândurile unui poet,
Muzician, astronaut, căpitan de corabie
Sunt o frunză înroșită de soarele blând de toamnă
Sunt iubirea care așteaptă portocalul și cântul
Care îmi înghite durerea, tăcerile
Mi-e dor de lumina care răsare din inimi
Și îmi arată calea
Singura pe care o caut

14

MALIKA

Întotdeauna am ştiut că mă înşală. O femeie, oricare i-ar fi sentimentele, observă destul de repede semnele infidelităţii. Aş fi putut să fac scandal, să-l ameninţ că-l părăsesc, să-l denunţ public, să-i rup hainele preferate, să-i arunc la gunoi cărţile adnotate, dar nu, eu m-am prefăcut că nu bănuiesc nimic, că nu ştiu nimic. Am preferat să nu fac nimic. Nu mă mai dorea. Nici eu pe el. Eram chit, cu excepţia faptului că eu nu aveam amant. Aşa ceva nu se face în comunitatea noastră. Povestea Halimei, cea mai bună prietenă a mamei, surprinsă de soţul ei cu amantul în patul conjugal, m-a marcat profund. Era prima dată când se întâmpla aşa ceva în anturajul nostru. Tatăl Halimei făcea afaceri cu tata. Familiile noastre erau apropiate. În ziua în care s-a întâmplat, mama a fost bulversată. Pentru ea, nu era doar o trădare, o infidelitate, ci o adevărată oroare care a dezamăgit-o și a devastat-o complet. A profitat de ocazie ca să-mi țină o lecție. „Noi, când ne căsătorim, o facem pentru toată viața, indiferent de situație.“

Prin urmare, credincioasă până la sfârșit, prostește de credincioasă, chiar dacă Mourad mă enerva în cel mai înalt grad. Știam după starea lui de spirit jovială când se întâlnise cu prietenele lui, după micile atenții de rahat, după parfumul cu care se dădea în ultimul minut ca să-l ascundă pe cel al prostituatei. Nu făceam niciun comentariu. Pedeapsa mea era să-l privez de cină. Știam că nu suportă să se culce nemâncat. Atâta pagubă. Cel care și-o trage nu trebuie să mai și mănânce! Asta este. Fără discuții. Fără negocieri. Scoteam mâncarea din frigider și o puneam într-un dulap pe care îl închideam cu lacătul. Bodogănea, dar își dădea seama că nu avea niciun interes să protesteze, pentru că știa genul de răspuns pe care i l-aș fi aruncat în față.

Când cineva a primit o educație în stil tradițional, este dificil să iasă din rând și să se înhăiteze cu primul venit. Onoarea mea, ca și cea a familiei mele, nu putea fi pusă la îndoială, pătată de povești cu amantlâcuri, când eu îmi dedicasem toată viața educației copiilor și liniștii căminului. Aș fi putut să-i cer să fie discret și să nu ne facă de rușine. În orașul ăsta, se știe că oamenii comentează secretele de familie. Sunt clevetitori și mândri de asta. Cafenelele sunt pline de persoane fără altă treabă decât să înșire bârfe adesea inventate. Pentru nimic în lume n-aș fi vrut să fiu obiectul batjocurii lor. Mă temeam că Mourad o să fie văzut în compania unor femei a căror înfățișare arăta limpede cu ce se ocupă.

Discreția a fost întotdeauna obsesia tatei. Îi închiriase unui spaniol un local în orașul vechi. Tata credea că o să-l folosească pentru a depozita mărfurile importate din Gibraltar. La sfârșitul lunii, când s-a dus să încaseze chiria, s-a pomenit în fața unui bar unde se servea doar alcool. Nici vorbă ca tata, bun musulman, să intre într-un loc destinat bețivilor și derbedeilor. S-a postat de cealaltă parte a străzii și a așteptat ca spaniolul să vină la el, dar acesta nu a apărut. Tata a plecat fără chirie. Într-o zi a îndrăznit să intre să-și ia banii, iar a doua zi, la cafenea, vecinii l-au tachinat:

— Așa, Hadj! Luăm din când în când câte un păhărel de Xeres? Reține că vinul nu e interzis complet de Coran. Chiar spune: „Nu vă rugați când sunteți beți".

Și degeaba le-a explicat tata, oamenii din cartier nu voiau să audă nimic.

Poate că ar fi trebuit să-i spun lui Mourad să fie mai discret. N-avea decât să mă înșele, deși asta nu mă umplea de bucurie, dar nu admiteam ca, din cauza stângăciei lui, să ajung de râsul Tangerului.

I-am acceptat infidelitatea cu mult timp în urmă. Nu că mi-ar lipsi orgoliul, stima de sine sau mândria, dar, având în vedere tot ce ni s-a întâmplat, infidelitatea e o nimica toată. El numește „tragedie" ceea ce am trăit noi – i-am atras atenția că nu suntem la teatru. Când ești distrus pentru totdeauna, restul, vrând-nevrând, devine secundar, neînsemnat, trecător. Nu, nu-l iert, nu-l absolv în niciun fel, dar în adâncul meu nimic nu mă mai afectează, nimic nu mai este intolerabil. Sunt deja moartă şi doar umbra mea a supravieţuit. O umbră deasă şi grea, care mă epuizează. El nu este mort, nu, el a supravieţuit. A invocat soarta, pe Dumnezeu şi voia sa. Apoi a acceptat fatalitatea. Eu, niciodată.

15

SAMIA

25 octombrie 2000

Trăiesc într-o singurătate în care până la urmă mi-am fixat reperele şi în care nu aştept nimic şi pe nimeni. Am avut o durere de burtă săptămâna trecută, o durere nouă pentru mine, care anunţa sosirea ciclului. Ştiam că n-o să mai întârzie mult. Nu am vorbit despre asta cu mama, prea ocupată cu lustruirea mobilierului. Are o manie. Îşi petrece timpul luptând cu praful, făcând ordine peste tot, ca şi cum am trăi într-un palat. Îmi încui camera pentru a o împiedica să-şi bage nasul în lucrurile mele.

În această dimineaţă, sunt copleşită de amintirea primei menstruaţii. Trebuie să fi avut doisprezece ani. Sosirea ei fusese însoţită de o uşoară depresie. Aş fi vrut să discut cu verişoara mea, căreia îi venise cu un an în urmă, dar acum era îndrăgostită şi n-avea timp pentru nimeni.

Numai tata observase că sunt palidă şi mă întrebase dacă mă doare ceva. Evident, nu puteam să-i vorbesc despre aceste lucruri intime. I-am spus că am nevoie de nişte bani pentru o excursie organizată de şcoală. Mi-a dat o bancnotă de 100 de dirhami, o sumă uriaşă pentru mine. Mi-am pus între coapse un prosopel şi m-am dus la farmacie să cumpăr ceea ce era necesar pentru a absorbi sângele. Eram timidă, ezitam, nu ştiam cum să cer. Nu puteam să mă adresez unui vânzător. În farmacie era o singură femeie, casiera. M-am adresat ei, coborând vocea: „Aş vrea, vă rog, să cumpăr nişte absorbante..." Ea a rostit cu voce tare: „Dacă sunt pentru mama ta, atunci tampoane..." Am îngăimat: „Nu, sunt pentru mine".

„Aşa spune, nu trebuie să-ţi fie ruşine, e natural, fata mea!" Mi-a dat un pachet şi mi-a făcut cu ochiul, complice, ca şi cum ar fi zis „bine ai venit în universul feminin".

În mod normal, mama ar fi trebuit să-mi cumpere aceste absorbante potrivite pentru o virgină. Am preferat să nu-i spun nimic şi recunosc că am fost fericită că m-am descurcat.

Cu banii rămaşi, m-am dus la Librairie des Colonnes, unde o doamnă în vârstă, fermecătoare, m-a întâmpinat cu un zâmbet larg, ca şi cum ne-am fi cunoscut.

— Cu ce pot să vă ajut, domnişoară?

Era prima dată când cineva mă numea aşa. M-a emoţionat. Timiditatea mea s-a exprimat printr-un val de căldură.

— Aş dori ultima carte a lui Simone de Beauvoir, despre care s-a vorbit la radio în weekend. Cea în care apără cauza femeilor...

— Aveţi noroc, am primit-o în ediţie de buzunar. Dar sunteţi foarte tânără pentru a citi *Al doilea sex!*

— Este pentru mătuşa mea, eu doar îi fac un serviciu. Este divorţată şi nu are timp să treacă pe la librărie, iese târziu de la muncă...

La plecare, bătrâna mi-a dat un cadou, *Micul prinţ.* I-am mulţumit fără să-i spun că o citisem deja. Dar gestul ei mi-a făcut plăcere.

Îmi place să citesc. Când am în fața mea o carte nouă, o răsfoiesc mai întâi, adulmec hârtia, îmi place acest miros pe care nu-l găsești în altă parte. Prelungesc plăcerea gândindu-mă la bucuria de a mă retrage din lume şi de a mă cufunda într-un alt univers. Am atacat imediat cartea lui Simone de Beauvoir. Am îmbrăcat-o într-un plastic transparent, am scris pe prima pagină data când am cumpărat-o şi mi-am pus semnătura pe ea, ca şi cum ar fi fost un act oficial. Această carte era proprietatea mea, obiectul meu, visul meu. Am citit-o pe îndelete, cu dicționarul alături.

O lună întreagă, am avut întâlnire în fiecare seară cu Simone. O numeam Simone pentru că îmi devenise prietenă, nu un membru al familiei, ci o persoană familiară pe care o regăseam cu imensă plăcere. Ascundeam cartea în şifonier. Dacă ar fi dat peste ea, mama ar fi reacționat foarte urât, din cauza cuvântului „sex" din titlu. Ar fi crezut că este una dintre acele cărți care încurajează viciul. În ceea ce-l priveşte pe tata, el nu-mi umbla niciodată prin lucruri.

Citeam și luam notițe. Mă gândeam la cealaltă mătușă, care fusese căsătorită cu un bărbat de treabă, dar pe care nu-l iubea. Avusese o soartă teribilă. Moartea ei prematură tulburase întreaga familie, dar nimeni nu încercase să afle cum și de ce ajunsese această femeie la un asemenea sfârșit. Eu știu acum. Mi-ar fi plăcut mult să stau de vorbă cu ea și să-i citesc pasaje din această carte, pe care o strângeam la piept ca pe o jucărie de pluș. Mă gândeam: și să mai crezi că a fost scrisă cu atât timp în urmă!

Episodul cu ciclul și descoperirea acestei cărți mi-au transformat viața. Mama era departe de a înțelege prin ce treceam. Tata se purta frumos cu mine, îmi făcea adesea complimente, îmi cumpăra cărți. Îmi dăruise *Mizerabilii* de Victor Hugo. O pusesem deoparte, ca s-o citesc după ce voi fi terminat *Al doilea sex*.

Dorința de a scrie s-a impus ca o evidență, un fel de urgență. Să scriu! De ce? Să vorbesc despre viața mea? La ce bun? Jurnalul meu este plin de această viață, pe care o trag după mine ca pe o piatră de moară.

La școală ni se predau lecții despre poezie. Dar profa nu se prea străduia să ne facă să iubim ceea ce recitam. De la Biblioteca Franceză de pe Rue de Fès, am împrumutat o carte de Jacques Prévert, *Paroles*. Am învățat pe de rost câteva poeme. Era ceva ușor și vesel. O poezie simplă care vorbește despre viață. Pentru mine, a fost mai mult decât o descoperire, a fost un îndemn la scris. Vă mulțumesc, domnule Prévert. Datorită dumneavoastră, mă simt liberă să scriu și să cânt.

Universul meu era astfel plin de cărți, poezie și singurătate. O singurătate dorită, iubită, protejată. Mă simțeam din ce în ce mai străină de familia mea. Singura persoană cu care aş fi putut să discut era mătuşa mea. Dar ea nu mai trăia.

Pe pleoapele grele ale dimineții
Am aşternut silabe căzute din noaptea mea
Ele îmi spun că nu-mi place nimic
Doar poezia
Îmi oferă pâine şi miere
Nu ştiu încotro merg
Şi chiar de-aş şti
Ce importanță are?

16

MALIKA

La scurtă vreme după ce Samia a împlinit un an, m-a cuprins un sentiment intens de pierdere. Bucuria și pacea pe care le simțeam după nașterea ei au dispărut. Eram convinsă că o să plece, că o să-mi scape. O priveam în leagăn cum zâmbea și râdea și presimțeam că o să ne părăsească înainte de vreme. Cu timpul, această impresie s-a transformat într-o certitudine care mă obseda. Apoi, într-o anxietate apăsătoare și irațională. Într-o zi i-am mărturisit lui Mourad, care m-a numit nebună.

Mourad crede doar în rațiune. Degeaba e inteligent, crede doar în ceea ce vede, în ceea ce poate să atingă, să verifice. Cele mai memorabile certuri ale noastre au pornit întotdeauna de la deochi. El spune că astea-s „baliverne“, „povestiri muierești“, „prostii moștenite din Evul Mediu“ etc.

Într-o zi, când stăteam liniștiți acasă, mătușa Zoubida a venit în vizită pe nepusă masă. Tocmai o alăptam pe Samia. Ea a întins brațele ca să-i dau copilul. Văzându-mă că ezit, mi-a spus: „Nu te teme; o să citesc doar câteva versete din Coranul nostru sfânt; e pentru binele ei". A luat-o în brațe și imediat Samia a început să plângă. Un plâns violent. Parcă ar fi înțepat-o cineva cu un obiect ascuțit. Mi-a dat-o înapoi. După ce a plecat, Samia a avut diaree, urmată de febră mare. Pentru mine, legătura dintre aceste evenimente era evidentă, dar Mourad a refuzat să admită asta. Boala subită a fiicei noastre a durat mai bine de o săptămână, deși nu fusese niciodată bolnavă până atunci.

Dar ceea ce mă îngrijora cel mai tare era obsesia că o s-o văd murind. Soțul meu nu-mi împărtășea îngrijorarea. Nu eram căsătoriți de mult și deja viața noastră era plină de conflicte mărunte. El mă supăra. Eu îl contraziceam. El țipa. Eu urlam. Ne îndepărtam unul de altul, chiar dacă viața noastră de zi cu zi se mai îmbunătățise puțin datorită plicurilor pe care mi le aducea de fiecare dată când se lăsa cumpărat. Zicea că în toată povestea asta eu sunt cea coruptă, nu el. El doar făcea pe intermediarul între corupător și mine, care eram „însetată" de bani, cum mă numea el. Arunca asupra mea sentimentul de vină și eu trebuia să mă descurc într-un fel sau altul.

Cred că în acea perioadă a început să mă înșele, chiar înainte de a se instala în subsol. Într-o seară, mi-a adus un buchet de flori, ceea ce nu se mai întâmplase de mult. M-am gândit: „Probabil vrea să i se ierte ceva". L-am tras în dormitor și am început să-l mângâi. Penisul lui era moale şi nu răspundea la stimulările mele. Urma unui parfum feminin pe gâtul lui m-a dezgustat până la urmă. În seara aia, l-am numit pentru prima dată impotent. Totuşi, era încă tânăr şi sănătos. Dacă nu putea să şi-o tragă cu mine însemna că-şi petrecuse după-amiaza în alte braţe. Nu mai avea putere, nu mai avea energie şi, mai ales, nu mai avea dorinţă.

Aş fi putut să fac scandal, dar m-am gândit la fiica mea şi am refuzat să o deranjez cu ţipete. Vasăzică, după doar doi ani de căsătorie, soţul meu se înhăita cu altele. Am vorbit despre asta cu mama, care mi-a repetat faimosul ei sfat: îngreunează-l. Dar pentru a face alţi copii trebuia să se culce cu mine.

Începeam să mă îndoiesc de feminitatea mea. Mă priveam în oglindă şi găseam că nu arăt rău, poate nu sexy ca actriţele din filme, dar aveam câteva atuuri. Cum să-l fac să se întoarcă la mine? Cum să trezesc din nou dorinţa, a lui, pentru că eu încă îl iubeam, în ciuda tuturor lucrurilor, şi îl doream.

Mi-a venit ideea să petrecem un weekend prelungit la Parador de Ceuta. Mama ar fi avut grijă de Samia şi am fi plecat doar noi doi într-o călătorie. I-a plăcut ideea. M-am dus la hamam, unde Khadouj mi-a făcut masaj şi m-a epilat. Eram proaspătă şi gata să trezesc dorinţa în soţul meu.

În timpul acestei escapade a fost conceput Adam.

17

MOURAD

Nu ştiu ce s-a întâmplat, dar, la un an după ce s-a născut Samia, Malika a redevenit blândă şi agreabilă. Ceva se întâmplase şi nu ştiam ce. Parcă o altă femeie s-ar fi încarnat în corpul ei. Atentă şi grijulie, nu se mai neglija. M-a anunţat că e însărcinată. Ceea ce m-a făcut fericit. Afacerile îmi erau înfloritoare. Nimeni nu mă bănuia. Plicurile soseau, se acumulau şi Malika le păstra într-o cutie pe care eu o poreclisem „M.C." de la Mustrări de Conştiinţă, ceea ce ea traducea prin „Minunata Corupţie".

Corupţia devenise un drog. Înainte luptam împotriva ei, acum o aşteptam. Îmi făceam planuri în funcţie de dosarele de pe biroul meu. Eram un element al maşinăriei administrative, niciun dosar nu ieşea din departament fără semnătura mea. Uneori, se întâmpla să-mi triplez salariul. Nu-mi plăcea luna august, când administrația era închisă. Pentru mine, concediul anual era sinonim cu penuria. Nu reușeam să economisesc. Aveam soție și doi copii, nu mă puteam descurca. Suplimentul neoficial, ilegal și amoral devenise o necesitate. Pe de-o parte, exista realitatea aspră, crudă, jalnică, iar pe de alta, lumea înfrumusețată, transformată de o contribuție luată din buzunarele cetățenilor. Odată, când mă împotriveam, un antreprenor mi-a explicat cum vede el lucrurile: „E simplu, tu te ocupi cu prioritate de dosarul meu, iar eu îți dau un plic. Ca urmare, eu încep să construiesc imediat, câștig timp și, deci, bani. Tu, la rândul tău, îți suplimentezi salariul de mizerie și trăiești mai bine. Nu s-a furat nimic de la nimeni. Te răsplătesc de bunăvoie pentru ajutor cu banii de care ai nevoie. Moralitatea nu are niciun amestec aici. Să trecem peste asta. Suntem adulți și acceptăm. Toată lumea câștigă. În schimb, nu suport să ceri bani de la un sărac ce nu dispune de mijloace ca să-ți cumpere serviciile. Acolo trebuie să fii om, trebuie să vezi corect".

Nu eram nici corect, nici moral. Mă complăceam în această situație, renegând tot ce mă învățaseră părinții mei. Tata nu mai trăia ca să-mi țină lecții. Cât despre mama, ea era în altă parte, într-un fel de absență în care își pierduse o mare parte din memorie. Când mă duceam s-o văd, mă recunoștea la una din două vizite. Era dureros pentru mine, încercam să o consolez spunându-i povești de parcă ar fi fost un copil. Îi plăcea când o țineam de mână și îi vorbeam. Nu-și putea imagina ce devenise fiul ei. Nu-i plăcuse niciodată familia soției mele, dar nu comenta, conștientă că nu ar avea niciun efect.

Mama provenea dintr-o familie numeroasă din Fès, aristocrați fără bani, dar generoși și primitori. Nu știa să citească și să scrie, dar avea cultura ei, convingeri, credințe și, mai ales, valori, moștenite de la părinții ei. Cu ea, totul era ușor. Avea darul de a simplifica orice părea complicat. Avea o logică de nezdruncinat și o modestie care îi făcea pe toți cei care i se adresau să-și plece ochii.

După câteva luni de căsătorie, când le cunoscuse mai bine pe Malika și pe familia ei, mă luase deoparte și îmi șoptise la ureche: „Sunt cu siguranță oameni de treabă, dar simt că noi nu suntem făcuți pentru ei și că nici ei nu sunt făcuți pentru noi. Să fii atent, ei pun banii mai presus de inimă. Nu-mi place asta. Banii nu sunt altceva decât praf, praful rău al vieții“.

De-acum eu eram cel care se murdărea cu acest praf. Propria lașitate mă uluia. Unul dintre colegii mei de birou a mers în pelerinaj la Mecca, pentru „a-și spăla păcatele și a se întoarce la fel de curat ca în ziua în care s-a născut“, după cum singur spunea. Era naiv sau destul de pretențios. Lucra acolo dinaintea mea cu cel puțin zece ani. Păcatele se acumulaseră într-atât încât ajunsese obez. Într-o zi, cineva îl numise „burdihanul răului“. El își trecuse mâinile grase peste pântecul proeminent și izbucnise în râs. Binele și răul deveniseră noțiuni străine universului său.

Mii de tipi la fel ca el se duceau în fiecare an la Mecca și la Medina, cu speranța că matrapazlâcurile se vor transforma în ceva mai puțin dăunător, mai puțin vizibil. Aceste animale de pradă considerau religia un fel de spălătorie.

O curățătorie chimică. Trebuie doar să faci un drum dus-întors între Al Safa și Al Marwa, să înconjori de șapte ori Kaaba, să sacrifici o oaie la Minan, apoi să-l ucizi pe Satan aruncând cu pietre în el într-o busculadă în care unii și-au pierdut viața și iată-te hagiu, cu sufletul curat, cu trupul rotunjit și cu mintea tot mai dispusă să accepte că un drept devine un serviciu, o favoare obținută în schimbul banilor.

Înainte de a fi dezgustat de acești indivizi necinstiți, sunt dezgustat de mine însumi. Adesea stau în fața oglinzii și repet de mai multe ori: „Ești doar un nemernic, un trădător, un laș, un corupt ca și ceilalți". Nu-mi face bine, dar această flagelare îmi aduce un oarecare calm, un fel de autosatisfacție meschină de care nu sunt mândru.

18

MALIKA

Am dureri. Mă doare peste tot. Din cap până-n picioare. Chiar şi părul mă doare. Sufăr şi nu vine nimeni să-mi aline suferinţa. El doarme şi sforăie. Nu se mai uită la mine, nu-mi mai vorbeşte, am devenit invizibilă, transparentă. Asta mă doare. Nimic nu-i la locul lui. Inima îmi bate mai repede decât de obicei, plămânii şi-au pierdut suflul, mâinile îmi tremură şi nu mai ştiu unde sunt sau cine sunt.

Sunt ţintuită în pat, incapabilă să mă ridic. Credeţi că el o să-şi dea seama că am nevoie de sprijin şi că o să-şi mişte fundul ca să ajute o persoană aflată în pericol? Nici vorbă, e un egoist. Vede bine, chiar dacă doarme sau se preface că doarme, vede că am probleme. În această casă, numai domnul are dreptul să fie bolnav. Eu, nimic. Nu exist. Abandonată. Copiii mei nu mai vin să mă vadă. Sună și spun că au mult de lucru.

Soțul meu nu doar că este egoist, ci e sursa și originea egoismului. Întotdeauna s-a pus pe primul loc. Cu colegii săi, cu prietenii, cu prostituatele pe care le frecventa și, bineînțeles, cu familia sa. Eu am fost întotdeauna ștearsă. E foarte comod. Decizi ce persoană trebuie eliminată. Apeși pe un buton și gata, ai aruncat-o afară. A trecut atât timp de când m-a eliminat, cu mult înainte de ziua funestă a tragediei. Nu era făcut pentru căsătorie, pentru o viață în doi. Era făcut să trăiască singur. Când am descoperit acest adevăr, era prea târziu.

Am artroză peste tot. Articulațiile mă dor îngrozitor. Nu pot să apuc un pahar cu degetele, nici să mă sprijin în braț ca să mă ridic.

Mă întreb ce fac în această pivniță lângă un egoist care doarme. De ce accept această situație? Reușesc cu greu să mă ridic și să mă îndrept spre salteaua pe care el doarme ca un copil. Recunosc că îl invidiez pentru această capacitate de a adormi imediat. Lovesc cu piciorul în saltea. El nici nu se clintește. Mai trag o lovitură, de data asta în fesele lui. Abia se mișcă. Țip la el:

— Trezește-te! Sunt bolnavă și nimeni nu mă ajută.

— Da, știu, ești mereu bolnavă, te-ai născut bolnavă, te-am luat de nevastă bolnavă, știu toate astea, dă-mi pace și lasă-mă să recuperez somnul. Ai uitat cât ai urlat aseară? Tot cartierul n-a putut să doarmă din pricina ta.

— Dacă-i pe-așa, n-o să ai ce mânca. Asta e pedeapsa ta. Oricum nu pot să fac nimic cu mâinile. Sunt handicapată, o să sun la chinez să-mi livreze ceva.

— Ca să vezi! Cu degetele n-o să poți forma numărul. Dacă vrei să sun eu, împărțim cina.

Îmi vine să plâng. Nu pentru că nu se ridică și nu mă ajută. Îmi vine să plâng pentru viața mea, pentru zilele și nopțile mele care nu mi-au adus decât necazuri. Am crezut că ne căsătorim ca să îmbătrânim împreună, să îmbătrânesc alături de bărbatul meu, oferindu-ne unul altuia o mână de ajutor, cu tandrețe, cu prietenie.

El este acru, dur și nemilos. A moștenit această răceală de la tatăl său. Îmi amintesc cum se purta cu soția lui. Ea nu avea voie să iasă în oraș sau să-și primească prietenele în vizită. El controla totul și nu-i dădea niciun ban, în afară de taxa de intrare la hamam, o dată pe săptămână. Dacă nu aș fi fost suficient de atentă, soțul meu m-ar fi tratat la fel.

Mă plictisesc. Nici măcar durerea din articulații nu mă distrage. Corpul meu se prăbușește. Sânii și-au păstrat forma. Pântecul mi-e zbârcit. Capul mi-e greu. Sunt urâtă. Am devenit urâtă. Mourad a făcut totul ca să-mi pierd frumusețea. M-a convins să-mi schimb coafura, să nu mă mai machiez, să nu mai țin regim. Încerca să mă urâțească pentru a mă putea detesta mai ușor. Nici eu nu-l mai iubesc. Nu-l mai suport. I-am aruncat la gunoi parfumul contrafăcut, de contrabandă, cumpărat din Grand Socco. Am luat o foarfecă și i-am tăiat cravatele în bucățele. Mă răzbun cum pot. Aș vrea să-i provoc o criză de nervi, exact ce trebuie pentru a-și da seama că exist. Dar mi-e frică de un atac cerebral. Vă dați seama? Să îngrijesc apoi un tetraplegic, handicapat motor? Nu, trebuie să-l fac să sufere, dar să-și păstreze autonomia fizică.

Uneori, mă întreb de ce am fost infectată de ură. Este un sentiment pe care nu-l cunoşteam. El l-a făcut să se nască în mine.

Îmi amintesc de perioadă în care totul mergea bine de parcă ar fi fost viaţa altcuiva. Îmi împart viaţa în mai multe etape. Mai întâi dragostea, descoperirea iubirii, naşterea Samiei, tragedia, apoi o lungă şi interminabilă traversare a deşertului. Acum mi-e sete. Nimeni nu-mi dă să beau apă. Nimeni nu vine să mă ia de mână ca să înaintez evitând gropile, capcanele şi bolovanii de pe drum. Am înţeles că Mourad mă face astfel să plătesc pentru rezistenţa lui spulberată de tentaţia corupţiei. E un om corupt nefericit şi care-şi nefericeşte soţia, care ar fi putut să-i fie prieten, complice, sprijin.

Astăzi, vineri, aş vrea să merg să mă reculeg la mormântul părinţilor mei. Trebuie să vină fiul meu cel mare, să mă ia cu maşina şi să mă ducă la cimitir. Nu ştiu de ce, la noi, cimitirele arată ca nişte gropi de gunoi. Nu există niciun respect pentru morţi. Cimitirul creştin Boubana este curat, păzit şi îngrijit tot timpul. Cel de alături, al musulmanilor, este atât de murdar, încât descurajează orice dorinţă de reculegere.

19

SAMIA

3 noiembrie 2000

Azi am chiulit de la ora de gimnastică. Am spus că sunt indispusă şi am plecat cu Ibtissam, o prietenă, să ne plimbăm prin oraşul vechi. Nu purtam văl. În ultimii ani, o modă străină s-a răspândit în rândul femeilor, tinere sau în vârstă. Se acoperă, ascunzându-şi astfel farmecul şi pozând în persoane de o moralitate impecabilă. Mi se pare ridicol. Vântul de est s-a întors. Ne trecea prin păr, transformându-ne în imagini desenate de un pictor suprarealist. Ne făcea să râdem, deşi auzeam comentariile prea puţin binevoitoare ale bărbaţilor care stăteau pe terasele cafenelelor. Nişte ipo criţi. Chiar l-am auzit pe unul cu faţa ridată spunând: „Dacă ar fi fata mea, aş bate-o!“ Da, unii sar imediat să dea în alții. Știu asta, pentru că și vecinul nostru își lovește soția și fiicele. Se pare că bea. Dar nimeni nu se plânge, nimeni nu face reclamație. Încasăm și tăceam. Face parte din tradițiile noastre. Care tradiții? N-am citit nicăieri că bărbatul trebuie să-și bată soția fără să fie pedepsit prin lege. Am discutat într-o zi cu tata, care mi-a explicat că asta nu are nicio legătură cu islamul. Ba chiar mi-a zis că beduinii, arabii din Arabia, unde s-a născut islamul, își îngropau de vii nou-născuții de sex feminin, dar islamul a interzis această practică barbară. Am scăpat ca prin urechile acului! Tata a refuzat întotdeauna să meargă în pelerinaj la Mecca, ceea ce nu este cazul mamei, fiindcă majoritatea prietenelor ei de la hamam au făcut-o. Tata zice că nu crede în aceste ritualuri și mai ales că îi detestă pe saudiți, care au o reputație foarte proastă, în special la Tanger. Toți îi știu că vin vara cu saci de dolari și cumpără bărbați și femei. Oamenii vorbesc, dar nimeni nu face nimic împotriva acestui sistem de prostituție care nu-și spune pe nume.

Coborând pe Rue de la Liberté, m-am oprit cu Ibtissam în fața Galeriei Delacroix, care aparține Serviciului Cultural al Institutului Francez. Era acolo expoziția unui tânăr artist marocan, o instalație cu videoclipuri și cărți, inclusiv una de Kafka. Un neon se aprindea și se stingea în ritmul unei muzici repetitive. Nu am înțeles nimic din expoziție. Și nu era nimeni care să ne explice ce a vrut artistul să exprime. Mie îmi place pictura în general, precum cea a lui Goya, pe care am studiat-o la școală. Îmi place și Van Gogh. Profesorul nostru de desen ne-a arătat un film despre acest pictor care și-a tăiat urechea. Filmul, în mod ciudat, era alb-negru. Apoi profesorul ne-a dat o carte mare cu reproduceri color.

Piața Gran Socco (e numită așa, în spaniolă, dintotdeauna) nu mai este o piață cu flori. În centru există un fel de fântână fără apă în jurul căreia copiii se joacă. Femeile stau și discută între ele. Un vânzător de nuga s-a așezat și el acolo.

De acolo, am mers spre Siaghine, faimoasa stradă a zarafilor, cu biserica ei, aparent închisă, și sinagoga la care se desfășoară lucrări. Se pare că o restaurează niște evrei americani ai căror părinți s-au născut în Tanger. Așa susține bijutierul la care mama merge adesea să cumpere sau să schimbe bijuterii.

În piața principală există doar cafenele. În dreapta e un cinematograf închis de mult. O grămadă de cinematografe s-au închis din cauza invaziei de DVD-uri, filme piratate, desigur. Piața e la câțiva pași de port. Cândva a fost locul tuturor traficurilor. Dar se pare că azi s-a schimbat. Bazaruri, vânzători ambulanți și o mulțime de cafenele întunecate.

Cele câteva femei aflate la mese erau turiste. Ibtissam mi-a spus: „Vino, hai să bem o cafea sau o cola!“ De ce nu? Ne-am așezat și am așteptat mult timp înainte ca băiatul care servea să catadicsească să ne ia comanda. Ni s-a adresat în spaniolă, gândindu-se că niște tinere marocane nu ar îndrăzni niciodată să apară într-o cafenea unde, în capătul sălii, se fuma *kif*.

După ce ne-am băut ceaiul, adus călduț, în mod intenționat cu siguranță, am pornit spre Kasbah, spre faimoasa cafenea Hafa, care are vedere la mare. Este situată în

Marchane. O plăcuță pusă la intrare indică faptul că există din 1921. Terasele se succedă, cu mese din fier și scaune din răchită, multe dintre ele șchioape. Albinele zboară pe deasupra capetelor, pentru că aici se servește ceai de mentă foarte dulce. Marea era frumoasă azi. Străvezie și liniștită, când albastră, când verde. Coasta Spaniei se zărea la orizont. Într-o cameră mică, bărbați așezați pe covoare își fumau pipa de *kif*. Ibtissam a sugerat să-i cerem chelnerului să ne umple o pipă cu *kif*. I-am spus că e nebună, niciodată o femeie, mai ales de vârsta noastră, nu a îndrăznit să fumeze în public; oamenii ar fi capabili să ne alunge cu pietre.

Ibtissam s-a apucat să-mi povestească despre un bărbat în vârstă care publică poezii într-un mic ziar și pe care l-a cunoscut. L-a ridicat în slăvi și mi-a arătat ziarul. I-am zis că nu trebuie să aibă încredere în bărbații amabili. Nu i-am spus nimic despre poezia ei, care mi se pare lipsită de nerv. E mai bine să nu o rănești. Dar dacă a găsit pe cineva care să fie interesat de ea, cu atât mai bine.

Luminile din față care pâlpâiau m-au făcut să mă gândesc că întârziaserăm și că părinții noștri trebuie să fi fost îngrijorați. Ne-am ridicat și am alergat până acasă. Am coborât pe strada Hasnouna, apoi am ajuns în Marché aux Bœufs, cartierul nostru. Două lampadare nu mai au becuri. Era întuneric. Serviciile municipale nu vor înlocui niciodată becurile arse, cu excepția cazului în care regele trece într-o zi pe aici. Așa zice tata.

Am găsit-o pe mama în *djellaba* în fața ușii. Învârtea niște mătănii, rugându-se la Dumnezeu. Nu a ridicat mâna asupra mea, dimpotrivă, m-a strâns la piept, plângând. „Eram groaznic de îngrijorată... nu știi niciodată ce se poate întâmpla în zilele noastre. Unde ai fost, fata mea? Spune-mi..."

I-am mărturisit adevărul. A rămas fără cuvinte.

Mi-a încălzit cina, m-a sărutat din nou, ceea ce face rar în mod normal. I-am spus:

— Trebuie să fug ca să-ți arăți afecțiunea!

— Dar știi cât de mult te iubesc, fata mea, nu-ți stă în obicei să te întorci acasă târziu de la liceu. Ar fi trebuit să mă previi. În sfârșit, Dumnezeu e mare!

Am petrecut o parte din noapte învățând pe de rost *Corabia beată*; recunosc că este unul dintre poemele cel mai greu de reținut și de înțeles. Dar asta e poezia, trebuie să cauți sensul în fântâna cuvintelor.

Orașul doarme ca fiarele desenate de mine
Liniștea a coborât odată cu seara
Strivind florile ce-și răspândesc parfumul
Am văzut străzile și bărbații înfometați de sex
Femei care închid ochii
Și marea se retrage din visul lor
Ca o învelitoare de lână ce le dezgolește
Și eu sunt purtată spre ceea ce nu văd
Un orizont ce se îndepărtează pe măsură ce înaintez
Cu brațele pline de fructe și de iubire

20

MOURAD

Astăzi se împlinesc 20 de ani de când m-am pensionat. Pentru mine și mai ales pentru soția mea, ziua aceea a fost o tragedie. Nemaifiind angajat la Biroul 9, a trebuit brusc să mă mulțumesc cu pensia, adică nu mare lucru, la care nu se mai adăuga niciun plic.

Cred că atunci au apărut primele simptome ale bolii mele. Am început să am dureri în genunchi, apoi în umărul drept, după care în stomac și la încheieturile mâinilor. Noaptea, mă trezeam de multe ori să urinez. Apoi aveam probleme să adorm la loc. Consultațiile n-au folosit la nimic. Medicul mi-a spus: „Trebuie să vă adaptați la noua situație; mergeți pe jos cel puțin o oră pe zi, faceți exerciții fizice, nu fumați și rugați-vă soția să vă maseze spatele din când în când“. Nu o cunoaște pe soția mea. Ar fi fost de ajuns să-i cer să-mi facă un masaj ca să înceapă să urle: „Mă iei drept curvă?“ Nu, nu era deloc o idee bună. Mai rămânea lectura. Mi-am făcut alți ochelari de vedere și m-am cufundat în lucrarea monumentală a primului istoric arab, Ibn Khaldūn. De data asta am luat notițe. M-a ținut ocupat câteva săptămâni și a nemulțumit-o pe soția mea, care nu înțelegea ce fac. Ibn Khaldūn a scris adevăruri teribile despre arabi:

Capitolul XXV

O țară ajunsă în mâna arabilor cade numaidecât în paragină

„Obișnuințele și apucăturile oamenilor nomazi i-au făcut pe arabi oameni neciopliți, nemiloși și sălbatici, precum am spus. Iar aceste rele apucături sunt, pentru ei, o a doua natură, care le place pentru că îi face liberi și neatârnați ca pasărea cerului, măcar că chipul lor de a viețui nu are nimic a face cu înaintarea civilizației. Veșnica rătăcire de la un loc la altul, prin întinderile deșertului, este ocupația lor cea mai de căpetenie. Pe cât este viața sedentară bună pentru civilizație, pe atât de opusă îi este viața nomadă. Dacă au nevoie de niscaiva bolovani să-și clădească vatră pentru vasele cu fiertură, atunci dărâmă casele și adăposturile întâlnite în cale ca să-și ia pietrele trebuincioase, iar de au nevoie de lemne pentru a-și clădi corturile ori a aprinde focul, atunci strică acoperișurile caselor și iau lemnul care le trebuie. De altfel, prin chiar felul lor de a fi, arabii sunt dușmani a tot ceea ce înseamnă clădire și lucru făcut de mâna omului. Or, a ridica o casă înseamnă a face primul pas către civilizație. În chipul acesta sunt arabii, în general, și ar mai trebui adăugată necontenita lor înclinare către a lua cu forța bunurile și agoniseala adunată de alții, către a jefui cu arma în mână și a fura fără rușine și fără măsură. Numai ce le cade sub ochi o turmă mai acătării, vreo sculă ori vreun alt lucru ispititor, că se aruncă asupra lui și îl iau cu voia ori fără voia stăpânului. Iar dacă se întâmplă să cucerească vreun ținut ori vreo țară care să le îndestuleze foamea și poftele, atunci iau în râs și nu țin seama de nicio rânduială ori poruncă menite să-i apere pe locuitori și averile lor. Sub stăpânirea arabilor totul se face ruină"[1].

A scris asta la mijlocul secolului al XIV-lea.

Îmi amintesc că am studiat textul în liceu. Profesorul nostru, domnul Guendouz, era un om excepțional, un refugiat algerian în Maroc. Își iubea meseria cu pasiune și ne îndemna să mergem dincolo de aparențe și de evidențe. Ne spunea: „Pentru că s-au comportat așa cum îi descrie Ibn Khaldūn, arabii din acele vremuri au trecut prin cele mai rele lucruri, ocupația otomană, apoi colonizarea, franceză pentru unii și britanică pentru alții. Am moștenit de la ei absența civismului, lipsa de respect față de individ, deci față de lege și de libertate. De unde și corupția, care stă la baza tuturor".

---

[1] Ibn Khaldūn, *Prolegomene sau Introducere în filozofia și sociologia istoriei universale*, traducere de Dumitru Chican, Proema, Baia Mare, 2016, pp. 114-115 (n. tr.).

Și adăuga: „Limba arabă, frumoasa noastră limbă arabă, a găsit cuvântul potrivit pentru corupție: lemn putred. *R'choua!* Nimic nu poate fi construit cu lemn ros de cari, putred din interior. Iată de ce țara noastră este condamnată să nu construiască nimic bun, solid, atât timp cât le permite cetățenilor să practice corupția trupurilor și sufletelor". Îmi aduc aminte și de o frază frumoasă: „Dreptatea este stâlpul lumii, iar lumea este o grădină".

Fiul meu Adam a venit să ne vadă în urmă cu o săptămână. Arăta rău. Am simțit că îl frământă ceva. Dorea să stea de vorbă cu mine, să se destăinuie. I-a spus mamei sale că vrea să iasă în oraș să fumeze, un pretext bun pentru a mă scoate din casă și a putea să discutăm singuri.

Afară era foarte frumos. Voiam să văd marea. M-a dus la capul Spartel și ne-am așezat să bem un ceai în fața zonei unde Mediterana și Atlanticul se întâlnesc. În cafenea erau perechi de îndrăgostiți, femei cu văl, bărbați cu barba vopsită cu henna. Adam mi-a șoptit: „Sper că ai observat că aici suntem pe teritoriu islamist. Patronul e imamul moscheii din apropiere; niște ipocriți cu toții". Dar nu despre asta voia să discute cu mine. Am înțeles destul de repede că îl chinuie ceva legat de serviciu. Șeful său se luase din nou de el și de integritatea sa. O chestiune cu un teren ce aparținea unei familii modeste pe care un tip cu autoritate, probabil un ministru sau un deputat, voia să-l achiziționeze în numele statului pentru a construi un centru sportiv. Fiul meu știa că nu e adevărat și că șeful lui are nevoie de garanția lui pentru această deposedare ilegală. Fiindcă refuzase categoric, fiul meu fusese dat afară ca în armată. Şeful îi luase cheile de la birou şi îi strigase: „Du-te acasă, tâmpitule, nu vreau să-ţi mai văd faţa de mucos! Haide, ieşi, mereu îmi faci probleme. De unde oi fi venit, nici n-ai zice că eşti marocan!“

Fiul meu era descumpănit.

— Tu, tată, ne-ai educat să respectăm legea şi integritatea. Or, în acest Maroc, numai corupătorii şi corupţii trăiesc bine. M-am pomenit că sunt victima datoriei şi a valorilor mele. Şeful meu se poartă ca un dictator şi nu am niciun mijloc să lupt împotriva capriciilor şi a violenţei acestui personaj care crede că totul îi este permis, deoarece, după cum ştii, le face mari servicii unor oameni suspuşi de la Rabat. Sunt dezgustat.

Cu greu l-am calmat. Nu aveam curajul să recunosc că şi eu fusesem nevoit să particip la acest spirit feudal şi că mă dovedisem un bun element în angrenajul corupţiei. L-am sfătuit să reziste şi să nu pună la inimă.

— Sunt nişte monştri care fac ce vor şi consideră ţara proprietatea lor privată. Într-o zi, directorul ăsta arogant şi vulgar o să se trezească şomer, după ce-au să se folosească suficient de el şi au să pună în loc pe cineva mai inventiv şi mai cinic. O să vezi, cadavrul lui o să treacă prin faţa ta, pe faimosul râu unde ni se cere să mergem să aşteptăm. La urma urmei, fabrica nu-i a lui, el e doar un manager cu puteri depline şi complicităţi cu autorităţile din Rabat.

Apoi i-am povestit despre mama lui şi despre problemele noastre. A fost categoric.

— Trebuie să vă despărţiţi. Ştiu că e greu. Dar nu puteţi continua să vă ucideţi între voi zi şi noapte. Îţi propun să stai la mine; mama o să rămână în subsol; trebuie doar să găsesc o femeie care să aibă grijă de ea, chiar dacă știu că o să refuze.

— Ai dreptate, fiule, asta trebuie să fac. Să plec din casa asta și să mă stabilesc în altă parte. Nu neapărat la tine. O cămăruță mi-ar fi de ajuns. Am nevoie de pace, am nevoie de singurătate. Dar cred că e prea târziu pentru mine. Nu mai am mijloace, nici materiale, nici fizice. Sunt condamnat să trăiesc cu ea, la fel cum ea e condamnată să trăiască împreună cu mine, până la sfârșit.

Fiul meu nu a insistat. Pe drum înapoi spre casă, a oprit la supermarket și ne-a cumpărat alimente. Înainte de a pleca, mi-a strecurat în mână un trabuc, un Partagas Nr. 4, și mi-a spus: „Să-l fumezi liniștit acasă, în grădină; e un răgaz plăcut pe care vreau să ți-l ofer, îl meriți. În ceea ce o privește pe mama, dacă n-ai curajul să o părăsești, măcar încearcă să n-o învinovățești. Viața a fost foarte grea pentru ea, mai mult decât pentru tine! Știi asta mai bine decât mine".

21

MALIKA

Nimeni nu are dreptul să-i pronunțe numele. Nașterea ei a fost o mare fericire. Apariția ei mă copleșea. Priveam lumea cu bucurie, o vedeam plină de culori. O lumină sublimă mă urma peste tot. Eram binecuvântată și nu puteam să-mi imaginez că într-o zi Dumnezeu avea să-mi ia această lumină care mă proteja și îmi arăta calea.

A fost un copil ușor de crescut, inteligent, calm și blând. Nu plângea aproape niciodată, am și vorbit cu medicul pediatru despre asta. A adus o minunată pace în căminul nostru. Mourad era foarte atent, iubitor și îndrăgostit. Viața noastră era de invidiat și asta mă neliniștea.

A crescut într-un cadru pașnic. Când au izbucnit primele noastre certuri, am avut întotdeauna grijă să o țin departe. N-a știut niciodată nimic despre ele. Într-o zi am descoperit că scrie poezii. Era atât de discretă. La naşterea fiului nostru, a fost foarte fericită. Tocmai împlinise zece ani, mă ajuta şi se ocupa de casă. Simţeam că această prezenţă ţine de domeniul miracolului. Eram ferm convinsă. Mă rugam, îi ceream lui Dumnezeu să o protejeze, să mă ajute să o fac cât mai fericită.

Trebuie să încetez să mă mai gândesc la ea. Picioarele îmi alunecă de parcă aş fi pe o pantă cu săpun. Nu mă simt bine. Azi-dimineaţă, celălalt, bolnavul fals, nu s-a trezit. Când el doarme, simt că pacea domneşte în subsol. Trebuie să plec, să mă duc la mormântul mamei mele. A trecut mult timp de când nu am vorbit cu ea. Dacă se trezeşte şi nu mă găseşte, va face scandal, îl cunosc, are nevoie de o sclavă, i-am oferit prea mult. Las radioul pornit pentru a-i descuraja pe hoţi şi iau un taxi.

Cimitirul, în această dimineaţă, arată ca o pajişte pe care macii roşii domină galbenul micilor margarete. Mă apropii de mormântul mamei. Sunt îngrozită, lespedea este plină de murdării. Ce oroare! Mă uit după paznic. Vine în fugă, crezând că o să-i dau bani.

— Cine a făcut asta?

— Nu ştiu.

— Unde erai când au murdărit mormântul mamei?

— Probabil că dormeam, trebuie să fi făcut asta noaptea. Negrii, da, *kahlouche*, negroteii, vin adesea să doarmă aici. Numai ei pot să facă un astfel de lucru. Sunt din ce în ce mai numeroşi, îşi părăsesc ţara şi cred că în Tanger îi aşteaptă o barcă pentru a-i duce în Spania.

Individul ăsta mă scârbeşte. Chiar i se citeşte pe faţă reaua-credinţă. Încă aşteaptă să-i dau bani. Mă răsucesc pe călcâie şi plec din cimitir, bodogănind.

La ieşire, un negru tânăr, subţire, aparent curat, se apropie de mine.

— Doamnă, caut de lucru; dacă ştiţi pe cineva, fac tot ce-mi cere. Sunt sănătos, doamnă.

Iniţial, decid să nu-i răspund. „Dacă el a fost cel care a murdărit mormântul mamei mele?”, îmi zic. Mă mai uit puţin la el şi am un presentiment bun. Mi se pare sincer. Îl întreb unde îl pot găsi, dacă am nevoie de el. Îmi răspunde: „În faţa porţii cimitirului, asta e adresa mea“.

Ideea de a-l angaja la noi îmi trece prin minte, apoi îmi imaginez reacţia lui Mourad, gelozia lui, remarcile rasiste şi multe alte lucruri. Cu cât mă gândesc mai mult, cu atât cred că este o idee bună să-l iau să lucreze la mine acasă. Cu menajerele treaba nu a mers niciodată bine. Îmi creau întotdeauna probleme, apoi furau, toate, fără excepţie. Furtul şi corupţia merg mână în mână. Sunt două moduri de viaţă prin care se suplimentează salariile de mizerie.

Să avem un bărbat acasă, nu doar pentru menaj, ci şi pentru a ne ajuta pe noi, pe soţul meu şi pe mine, asta ne-ar trebui. Nu mă mai pot baza pe copii. Voiam să discut cu Mourad, dar, când ajung acasă, el doarme. Fac gălăgie ca să-l trezesc. Nu se mişcă. Mă apropii şi pun urechea pe pieptul lui, în dreptul inimii. Încă bate. Nu-i mort. Trebuie să fi luat unul sau mai multe somnifere. Mai face asta uneori. Când se trezeşte la mijlocul după-amiezii, îl anunţ:

— O să angajez pe cineva în casă.

— O altă femeie pe care s-o chinui, pe care s-o dai afară după câteva săptămâni, acuzând-o că fură...

— Ba deloc. Toate menajerele fură, e o tradiție bine cunoscută în țara noastră.

— Adică ai găsit pasărea rară?

— Ceva mai bun decât o pasăre, un cal negru frumos!

— Ah, măcar o dată dai și tu dovadă de umor.

— Nu glumesc. Am întâlnit la cimitir pe unul dintre tipii ăia care n-au reușit să traverseze strâmtoarea ca să emigreze în Spania. E un bărbat frumos, curat și destul de plăcut. Caută de lucru. Cred că-l angajez de probă. O să avem pentru prima oară un bărbat care se ocupă de menaj. La urma urmei, vecina noastră, cea al cărei soț a suferit un accident cerebral, a angajat un tânăr, din Camerun cred, care se ocupă foarte atent de bărbatul ei bolnav.

Mourad nu mă mai ascultă. E cufundat din nou în cartea aia mare a lui. Citește, își ia notițe și mă întreb la ce folosește.

Toată noaptea, ideea de a-l angaja pe acest negru prinde rădăcini. O să mă ajute mult. E tânăr, în putere. Africanii sunt foarte diferiți de noi, au o constituție fizică mai robustă decât a noastră. Dacă m-ar auzi, soțul meu ar zice că sunt rasistă. El nu crede în existența raselor, probabil că e orb. Bineînțeles că există o rasă albă, diferită de rasa neagră. El susține că există o singură rasă, rasa umană, compusă din miliarde de ființe.

A doua zi m-am întors la cimitir. Între timp, paznicul a curățat mormântul mamei. De data asta i-am dat niște bani. Mi-a povestit despre tânărul negru care așteaptă la intrare. Gardianul se fereşte de străini în general, dar despre acesta are o părere bună.

Tânărul stătea pe o piatră şi citea o carte. L-am întrerupt şi l-am întrebat cum îl cheamă:

— Numele meu este Viad.

— Viad? E prima dată când aud acest nume. De unde vine?

— Din Mauritania, doamnă.

— Eşti mauritan?

— Da, din tată senegalez şi mamă mauritană. Nu e un nume obişnuit, eu mi l-am ales. Vrea să spună că Viaţa (este) Imposibilă (fără) Iubire şi Demnitate. V.I.A.D[1].

— Eşti cumva intelectual?

— Puţin, am studii, mi-am susţinut chiar şi teza de doctorat, dar după moartea părinţilor a trebuit să plec din Nouakchott, unde există un rasism teribil împotriva negrilor.

— Există rasism între negri?

— Nu, nu despre asta-i vorba. Mauritania e guvernată de o minoritate de mauri, arabi cu pielea mai puţin neagră decât a celorlalţi mauritani, dintre care unii sunt originari din Senegal sau din alte ţări africane. Maurii, deoarece pielea lor este mai deschisă, se consideră superiori negrilor. Ei domină peste tot, în guvern, în bănci, în afaceri, pe scurt, în tot ce e important. Noi, negrii, suntem la dispoziţia lor.

— Sclavi!

---

[1] În original, *La Vie (est) Impossible (sans) Amour et Dignité* (n. tr.).

— Nu îndrăzneam să folosesc acest termen, doamnă. Da, avem condiția de sclavi. Ca negru, nu mi se permite să predau la universitate, deși teza mea se ocupă tocmai de rasismul dintre africani.

— De asta ai încercat să emigrezi în Europa?

— Da. Parțial. Rasism și sărăcie.

Așa a început totul cu Viad. Peste nici jumătate de oră, s-a stabilit în casa noastră. O nouă viață începea pentru el.

22

SAMIA

5 noiembrie 2000

De ieri, mă chinuie o intuiţie: nu voi trăi mult. Sunt din ce în ce mai sigură de asta. Văd lucruri pe care nu le pot explica, mă trec fiori de fiecare dată când această intuiţie blestemată câştigă teren, zi şi noapte. Mă trezeşte când dorm, ca şi cum moartea ar sta în spatele uşii şi ar trebui să mă ridic şi s-o invit înăuntru. Mă gândesc la moarte ca la o fantomă în alb care ar veni să mă învăluie şi să mă ducă departe de această viaţă. Nu are coasă. E suspendată în aer ca o pană, o pulbere care aşteaptă momentul să cadă. Cade ca adevărul. Tranşant, fără comentarii, fără răgaz. Este un satâr. Nu mă sperie, dar îmi aminteşte că timpul mi se scurge. De aceea mă grăbesc să scriu. Nu reflectez, scriu sub dictarea lumii, a mea, bineînțeles. N-am pretenția că îmbrățișez întreaga lume.

Când intuiția se îndepărtează, simt un curent de aer răcoros care trece prin cameră. Deschid fereastra și mă întorc în pat, unde continui să scriu.

Nu contează dacă poeziile mele vor fi citite cândva. Pentru moment am certitudinea că trebuie să scriu, să merg înainte și să nu ezit.

Mama a venit să mă vadă, să se intereseze de sănătatea mea. Crede că sunt prea palidă, că mintea mi-e ocupată cu prostii și că trebuie să ies din cameră din când în când, s-o însoțesc la hamam, de exemplu, sau la una dintre mătușile mele. La hamam, da, de acord. Măcar acolo aflu câte ceva. Ascult tot ce se vorbește și rețin. Am capul plin de povești incredibile. Am asistat la o scenă ciudată zilele trecute: o tânără stătea în genunchi și spăla podeaua, frecând-o cu un burete și săpun. O freca energic. Mama a întrebat-o de ce insistă atât în acel colț al sălii. Ea i-a răspuns foarte serios: „Știi bine că la hamam vin dimineața bărbații, iar unii ejaculează practicând ceea ce se numește «obiceiul secret». Așa că, dacă nu curăț bine locul unde o să mă spăl, există riscul ca spermatozoizii să intre în mine și să rămân însărcinată cu un necunoscut!“

Mama a izbucnit în râs, ceea ce femeii i-a picat rău. S-a îndepărtat bodogănind.

O altă femeie, cam grasă, a venit să se spele lângă noi. I-a cerut mamei să o frece pe spate. Mama i-a răspuns că există maseuze care cu asta se ocupă.

Ea a insistat: „Mâinile tale sunt albe și moi, o să-mi aducă noroc și o să elibereze copilul adormit“.

Nu aud pentru prima oară de „copilul adormit”, o legendă inventată de femeile infidele care își liniștesc soții, plecați la muncă în străinătate, spunându-le: „E copilul tău, îl port de doi ani“. Uneori funcționează.

Când o însoțesc pe mama la una dintre surorile ei, mă pregătesc să mă plictisesc. Ele nu discută decât despre bani și povești matrimoniale. Și, fără excepție, la un moment dat, când e adus ceaiul și sunt servită cu biscuiți de casă, mătușa mea își ia un aer foarte serios și îmi zice: „Știi, vărul tău Hamza, singurul meu fiu, cu care te jucai de-a păpușa care se căsătorește, mă întreabă mereu de tine. E o partidă excelentă. Îți dai seama, Samia și Hamza, ce cuplu minunat, toți ar fi invidioși. Gândește-te la asta, fata mea!“

Aici intervine mama: „E încă tânără, dar îți împărtășesc părerea, ar forma o pereche frumoasă“.

Zâmbesc, râd și mă plictisesc. Mi-e dor de camera mea, de patul meu, de caiet. Mi-e dor de singurătatea mea. Acești oameni nu cunosc fericirea de a se bucura de o singurătate căutată, acceptată, dezmierdată, cea care deschide uși către alte universuri.

În acest moment citesc poezia lui Victor Hugo. Mă poartă spre teritorii vaste și ireale. Când termin lectura, mă uit pe fereastră. Oamenii trec încolo și-ncoace, unii se grăbesc, alții merg agale.

Între mintea și corpul meu
Încetineala este calea

Nu știu unde mă duce
Mă sui în copac și uit de toate
Vântul îmi dă o lovitură în șold
Mă trezesc și îmi caut drumul

23

VIAD

Camera mea este un colț al spălătoriei unde doamna a pus o saltea din spumă, o pernă și o cuvertură. Mi-a dat o pijama veche care a fost a soțului ei. Aici dorm, citesc și mă gândesc, în această parte a casei care este destul de umedă. Nu am prea multă lumină. Nu mi se permite să am o veioză. Când o să am bani, o să-mi cumpăr o lanternă. Îmi place să citesc înainte de culcare. Singura carte pe care am luat-o cu mine când mi-am părăsit țara este jurnalul egipteanului Taha Husein, *Zilele*. Mi-am notat o frază: „Provincialii – bătrâni sau tineri, copii sau femei – au o mentalitate numai a lor, plină de naivitate, de idei sufite și de simplitate. La formarea ei, cel mai mult contribuiau tariquiții aceștia“[1].

---

[1] Taha Husein, *Zilele*, traducere de Nicolae Dobrișan, Editura pentru Literatură Universală, București, 1969, p. 61 (n. tr.).

Mă simt foarte apropiat de aceşti oameni; acasă, în Mauritania, era un şeic sufist, un mistic care interpreta foarte frumos islamul. A fost combătut de cei instruiţi de şcoala wahhabită a saudiţilor, nişte fanatici violenţi.

Mă ocup de curăţenie, spăl pe jos, dau cu aspiratorul, care de multe ori se strică, fac cumpărături, aduc mereu bonurile de casă. Doamna controlează totul; nu trebuie să lipsească niciun bănuţ; adesea comentează preţurile: „Preţul roşiilor a crescut iar; peştele e prea scump; carnea de pui rămâne convenabilă, dar e plină de hormoni". Domnul nu controlează nimic. E cam ca la mine în ţară. Femeile sunt cele care îi domină pe bărbaţi, nu invers. Nu o spunea, dar tata asculta întotdeauna de mama. Ea îl lăsa să dea impresia prietenilor că el conducea casa. Nu ştiam că în Maroc femeile sunt atât de puternice. În orice caz, doamna este. Spune tot timpul că este bolnavă. Nu ştiu de ce anume suferă. Domnul este foarte obosit. Îmi aminteşte de bunicul când nu mai putea să se ridice singur. Totuşi, are încă energie să citească şi să ia notiţe. Aş vrea să-l rog să-mi împrumute una dintre cărţile lui, în arabă sau în franceză, nu contează.

Ieri, doamna mi-a cerut să dau cu aspiratorul în camerele de zi şi în dormitoarele de la etaj. Nu pusesem piciorul acolo niciodată, nici măcar nu bănuiam existenţa lor. Salonul, întunecat, miroase a umezeală şi e îmbâcsit. Am vrut să aerisesc, dar doamna s-a înfuriat: „Nu, nu deschide, vecinii ar putea să ne vadă salonul". Nu înţeleg de ce această parte a casei este închisă. Trebuie să adăpostească un secret. Nu spun nimic. Nu am dreptul să spun ceva. Mă supun şi fac doar ceea ce îmi cere ea. Nu s-a discutat despre salariu. Aştept sfârşitul lunii ca să pomenesc despre asta. Mă întreb cum va reacţiona. Acasă, în Mauritania, i-am fi numit „burghezi“, oameni aparent bogaţi, dar care au o relaţie ciudată cu banii.

Am întrebat dacă pot să ascult radioul din bucătărie. Doamna mi-a răspuns: „Ai nevoie de căşti, probabil că nu ne place aceeaşi muzică“. Până la urmă, mi-a dat un walkman cu căşti. Îmi petrec noaptea ascultând muzică egipteană; iubesc această muzică, mă face să călătoresc, mă duce înapoi acasă, chiar dacă nu vreau să mă întorc acolo. Mă fac mic. Mi-e frică mereu să nu deranjez. Într-o după-amiază, după ce soţia lui a plecat, domnul m-a rugat să-i spun povestea mea. Mă simţeam jenat, nu ştiam de unde să încep. M-a liniştit spunându-mi că îl interesează soarta imigranţilor şi a exilaţilor.

— De ce ţi-ai părăsit ţara?

— Aş putea să spun că din cauză că nu era nimic de lucru, dar adevărul, ceea ce am lăsat în urmă, lucrul de care am fugit, e rasismul maurilor faţă de negri.

Ştia de războiul interrasial dintre Mauritania şi Senegal din 1986. Tata, care era negru, vorbea adesea despre asta.

Domnul a stat puţin pe gânduri, apoi a zis:

— Crezi că în Maroc nu există rasism?

— Da, ştiu, aici negrii nu sunt prea iubiţi, dar e mai puţin grav decât ce se întâmplă în ţara mea. Să vă dau un exemplu. Am făcut aceleaşi studii ca Moha, fiul proprietarului casei noastre. Aveam chiar şi note mai bune decât el. Exista un post liber la Ministerul Radioului şi Televiziunii Naţionale. Am dat amândoi acelaşi examen.

Notele mele erau mai mari decât ale lui Moha. Ei bine, administrația l-a ales pe el doar pentru că pielea lui nu e neagră. E maur. Astfel de nedreptăți se întâmplă tot timpul. Pentru mauri, negrii sunt neapărat inferiori. Negrii și maurii nu se frecventează. Într-o zi, la un prieten acasă, am văzut un film american despre sclavia din America. M-am identificat complet cu personajul principal, victima celui mai brutal rasism. Numai că în America lucrurile s-au schimbat. La noi nu există nicio rezistență. Înduri și taci. Și apoi, trebuie spus că maurii care ne guvernează nu fac nimic pentru țară. Nouakchott, capitala, arată ca un cartier sărăcăcios. Există un bulevard central construit în mijlocul nisipului. Nu sunt trotuare. Casele frumoase aparțin maurilor. Furtul și corupția se practică la o scară de neimaginat, domnule.

— Ai venit în Maroc crezând că situația e mai bună?

— Nici nu se compară, domnule!

— Știu, știu... Oricum, îți mulțumesc că ești aici, Viad. Cerul sau un înger te-a trimis.

Am fost atât de impresionat de ceea ce mi-a spus, încât i-am propus să-l scot puțin din casă. Vremea era frumoasă. L-am ajutat să-și pună *djellaba* și ne-am plimbat aproape o oră în cartierul Marché aux Bœufs.

24

MALIKA

De când este Viad la noi, mărturisesc că lucrurile s-au schimbat, dar am impresia că soțul meu profită de asta mai mult decât mine. Adesea iese cu el. S-a obișnuit să-i pună mâna pe umăr și să-i ceară să-l ducă la cafenea. Între timp, eu stau la bucătărie. Nu-i corect. Și eu aș vrea să merg la cafenea să beau o cafea și să mănânc un croasant bun. Uite, mi-ar plăcea să merg după-amiază la Espagnola, o cofetărie ținută de văduva și de copiii unui om de treabă ucis de mafia olandeză. Acolo se servesc prăjituri însiropate. Dar gurile rele ar începe să trăncănească dacă aș apărea însoțită de un negru. Ar zice imediat că am un amant, și negru pe deasupra! E mai bine să eviți astfel de zvonuri. Ar spune mai ales că exploatez un imigrant nefericit, pe care sărăcia l-a făcut sclav.

Sunt copleşită de probleme, prinsă în naufragiu, măcinată de resentimente şi chiar de ură. Căsătoria şi uzura m-au făcut să cunosc ura. Înainte nu uram pe nimeni. Acum nu mai sufăr pe nimeni. Negrul mă ajută la treabă. Dar nu suport mirosul lui. Întotdeauna mi s-a spus că negrii au un miros de transpiraţie aparte. N-am îndrăznit să-i cer să meargă la hamam. I-am cerut soţului meu să-i sugereze el. Dar totul s-a transformat într-o discuţie despre rase. Cică şi noi, albii, avem un miros pe care negrii nu-l suportă. Se pare că mirosim a cadavru! Nu mai terminăm cu asta. Într-o dimineaţă am decis să discut eu cu Viad.

— Doamnă, când am ajuns în Tanger, primul lucru pe care l-am făcut a fost să merg la hamam. Apoi, pentru a rămâne curat, i-am propus paznicului să lucrez acolo ca maseur. Albilor le place să fie masaţi de negri. Acum, doamnă, mă spăl în fiecare dimineaţă şi vă asigur că sunt la fel de curat ca dumneavoastră şi ca soţul dumneavoastră.

Am tresărit. Soţul meu, din cauza stării sale, se spală din ce în ce mai rar. Uneori, ne băgăm amândoi în cadă, dar el bodogăneşte, la fel şi eu. Viad a mărturisit că îl spală pe soţul meu când sunt plecată.

După această discuţie, Viad a vrut să-mi arate diplomele şi fotografiile cu familia lui. Recunosc că am fost impresionată. Printre fotografii era şi una cu o blondă, probabil o străină.

— E Solange, femeia pe care am iubit-o şi care a trebuit să părăsească Mauritania. Ne vedeam pe ascuns, ca nişte hoţi, până în ziua în care un vecin ne-a denunţat la poliţie, care ne-a surprins în apartamentul în care locuia Solange.

Lucra la o bancă franceză. A izbucnit un scandal. Mi-am pierdut slujba, iar Solange a trebuit să se întoarcă în Franța. Am mers pe jos luni întregi, având în minte visul de a o revedea la Nantes, de unde e ea de origine. Dar am pierdut totul, banii pentru traversare, speranța de a o reîntâlni, dorința de a trăi. Nu mai am acte de identitate. A trebuit să ard totul. Astăzi sunt apatrid. Dar poate că dumneavoastră și domnul mă puteți ajuta să obțin duplicate, apoi aș cere viză pentru Franța.

— Bietul meu prieten, suntem epuizați și nu cunoaștem pe nimeni din administrație. E nevoie de un miracol, și asta se poate întâmpla, nu se știe niciodată.

25

SAMIA

15 noiembrie 2000

Gândurile mi-au venit într-o ordine impecabilă. Nu știu cine a reușit să le aranjeze așa, după mărime, după culoare și apoi după importanță. Nu știam, de exemplu, că ideea morții ar fi pe locul al treilea. Uneori m-am gândit la asta, dar niciodată la modul serios. Pe primul loc e ceva destul de ciudat: cică aș fi destinată unui viitor plin de lumină și de har. Cine a reușit să inventeze această parte din viața mea viitoare? Totuși, nimic nu mă predispune la o viață strălucitoare. Mă uit la părinții mei și sunt consternată. Ei numesc asta un cuplu fericit. Îi observ fără știrea lor și nu văd nici urmă de armonie și cu atât mai puțin de fericire luminoasă.

Al doilea gând se referă la scrisul şi mai ales la cititul de poezie. Acum mă recunosc. Eu sunt însufleţită complet de dragostea pentru poezie, nu doar scrisă, ci şi transmisă prin muzică şi cântec. Ascult la aparatul meu mic de radio până noaptea târziu. Uneori, dau peste reluarea unui concert dintr-o sală mare din Paris sau din Viena. Îmi imaginez aceste oraşe şi văd bărbaţi şi femei foarte bine îmbrăcaţi, curtenitori, civilizaţi, stând la coadă în faţa casei de bilete şi înaintând uşor pentru a asculta muzica. Nu-mi pot imagina o astfel de situaţie în ţara mea. Ascultăm muzică la nunţi. Muzică andaluză sau cântece populare. Sonorizarea e prost reglată, iar urechile suferă.

Pornind de aici, fac o clasificare simplă: europenii au avut norocul să-l aibă pe Mozart – singurul mare muzician pe care îl cunosc, datorită profesorului nostru de desen; organiza sesiuni de ascultare aproape religioasă a sonatelor sale. Noi avem muzică andaluză, pe care nu reuşesc s-o apreciez la adevărata ei valoare. Nimeni nu m-a iniţiat în această muzică, pe care o asociez în mintea mea cu nunţile.

Acelaşi profesor de desen mi-a oferit un disc, *Jean Ferrat chante Aragon*. L-am ascultat o dată la vecina noastră, o spaniolă care dă lecţii de dans. Îl păstrez cu mare grijă, în speranţa că o să-mi cumpăr un mic pick-up ca să-l ascult cât vreau.

Îmi trec gândurile în revistă şi încerc să resping singurătatea care ameninţă să se cuibărească în mine pentru o lungă şedere. O cunosc, uneori îmi place, alteori o urăsc şi ţip ca s-o fac să plece. Dar e plină de fiere. Se întoarce cu o înfăţişare zâmbitoare şi mă ia de gât ca o viperă care se distrează cu prada ei.

Vara este fierbinte. Toată lumea vorbește despre ultima manifestație împotriva secetei. Tata zice că, dacă ar fi fost mai tânăr, ar fi mărșăluit alături de miile de marocani. Dar nu este foarte activ. Îmi spune asta ca să se dea drept ceea ce nu este. De altfel, mama a reacționat fără milă: „Ca să mergi, trebuie să ai coloana vertebrală dreaptă, iar tu mergi aplecat!"

De atunci nu mă pot împiedica să-l văd pe tata din ce în ce mai încovoiat, ca și cum ar duce în spate o povară foarte grea. Imaginea este urâtă. Dar nu mă pot abține. Am simțit foarte devreme un fel de dezamăgire pe care nu o pot descrie sau explica. De fapt, aș putea să o analizez, dar nu vreau să privesc în față ceea ce aș descoperi.

Mama le tot spune surorilor ei cât de precoce sunt. Voia să sar peste o clasă, dar m-am opus. Reușesc să am note bune fără să fac niciun efort. Îmi place să învăț, îmi place școala și mă simt din ce în ce mai străină de acest mediu, de această familie. Cred că vin din altă parte. Îmi place să mă gândesc la asta, îmi place s-o cred.

Cel ce coboară din munți
Este un taur cu un singur ochi care lovește stejarii
Clipește peste drumuri și câmpuri
Moartea într-o clipă este destinul lui
Mi l-am imaginat și el a trăit
Nu mă tem și cad din pat
Într-o grămadă de nalbe proaspete
Pentru a face în sfârșit comestibil
Melcul ținutului pe spatele unui măgar
Care fumează o țigară la capătul unei tulpini fragile

26

VIAD

Din fericire, eram acolo dimineață. O dispută între doamna și domnul a fost gata să degenereze. Totul a început de la o cafea călduță. Domnul a strigat: „Știi că urăsc cafeaua călduță! Ai făcut-o intenționat, doar ca să-mi strici ziua“. Doamna a răspuns: „Da, am făcut-o ca să te scot din sărite“. Domnul s-a ridicat cu greu și a încercat să o lovească pe doamna. I-a aruncat ceașca cu cafea în față. Ea a aruncat cafetiera, pe care el a reușit să o evite. În acel moment a trebuit să intervin. Țipau în arabă, spaniolă, franceză. N-am văzut niciodată o ceartă atât de violentă. Părinții mei nu țipau niciodată. Tata i se supunea calm mamei. Fiecare își juca rolul. Aici am impresia că se joacă o piesă proastă scrisă de un om rău. Mi-e milă de ei. A trebuit să-l sun pe Adam, fiul lor cel mare, care s-a înfuriat.

Am profitat de ocazie pentru a face curăţenie în acest subsol care le serveşte drept loc de şedere. Am deschis singura fereastră, am curăţat covoarele, am scuturat saltelele, am făcut puţină ordine pe masa folosită de domnul ca birou. Am aranjat ziarele şi cărţile. Am aruncat cutiile de medicamente goale.

Pe la ora două, domnul m-a rugat să-l scot din casă. M-a invitat să luăm prânzul într-un mic restaurant japonez. N-avea poftă de mâncare. A trebuit să termin eu ce-şi comandase. După ce ne-am întors acasă, a adormit. Doamna m-a chemat în bucătărie ca să-i povestesc unde fuseserăm. Zicea întruna „ticălosul, egoistul". Eu nu răspundeam nimic. A urlat la mine:

— Te crezi ONU?

— Nu, doamnă, dar am fost învăţat să nu-mi bag nasul unde nu-mi fierbe oala.

În faţa acestui nou dezastru, fiul lor i-a îndemnat să se despartă. Era prima dată când îndrăznea să-i sugereze asta mamei sale. Doamnei i-a picat foarte rău şi a leşinat. Domnul a spus doar:

— Nu-i nimic, joacă teatru.

De multe ori mă întreb ce caut în acest infern. Sunt hrănit, adăpostit şi ajut nişte persoane care nu se mai suportă.

Descurajat, fiul a plecat bodogănind. A găsit totuşi timp să-mi mulţumească pentru ceea ce fac pentru părinţii lui.

Seara mi-a fost greu să adorm. Mă întrebam cum poate să apară o astfel de ură între două fiinţe care ar fi trebuit să fie fericite. De ce nu se mai tolerau unul pe altul? Cum luase naştere acest iad şi de ce nu era posibilă nicio soluţie?

Chiar dacă am renunțat la ideea de a emigra în Europa, mă chinuie dorința de a merge în altă parte. Însă n-am curajul să-i las pe acești bieți bătrâni să se distrugă singuri. Datoria mea este să-i ajut.

În dimineața următoare, după cumpărături și curățenie, am dat o tură pe la cimitir. Am aflat câte ceva despre foștii mei tovarăși de nenorocire.

Diallo a plecat cu o barcă și nimeni nu știe dacă a reușit să traverseze sau s-a înecat. Recent, poliția a descins și a ridicat trei băieți noi, probabil veniți din Mali. Paznicul mi-a spus că regele a decis să le dea acte africanilor. M-a sfătuit să mă prezint la prefectura Dradeb. N-am încredere.

M-am întors acasă, unde bătrânii dormeau.

Doamnei nu-i plac fructele și legumele pe care le-am cumpărat de dimineață.

— Scumpe și de proastă calitate!

— Asta e piața, doamnă, n-am ce face. Vă puteți duce să verificați prețurile.

— Chiar așa!

Astăzi este ziua de mers la doctor. Trebuie să-l însoțesc pe domnul la clinica Assalam pentru mai multe analize. Medicii și personalul sunt amabili. Contabilul a acceptat plata prin cec, ceea ce de obicei refuză. Cardiologul s-a îngrijorat fiindcă gleznele domnului s-au umflat din nou. Mi-a spus ca și cum eu aș avea vreo putere: „Trebuie să meargă pe jos, convingeți-l să meargă o oră pe zi, este important". Am dat din cap și am plecat acasă cu taxiul.

La școală, în Nouakchott, am învățat araba clasică. De când sunt în această țară, exersez ca să nu uit, dar marocanii râd de mine și mă corectează tot timpul. Așa că am trecut pe *darija*, care este o arabă mai puțin riguroasă decât cea clasică.

Cu doamna vorbesc un amestec de arabă și franceză. Ea îmi răspunde mereu în *darija* și uneori nu înțeleg cuvintele pe care le folosește. De pildă, zilele trecute am cumpărat morcovi. Pentru mine, în arabă li se spune *khizzou*, ea îi numește *dja'ada*. Pentru ea, valiza e *chanta*, eu o numesc *maleta* sau *valisa*. Deci mă cultiv în timp ce încerc să găsesc soluții pentru a-i liniști pe acești bătrâni. Am impresia că această mică ocupație lingvistică le face bine.

Când îl scot în oraș pe domnul, simt că e mai puțin nefericit și chiar mai puțin bolnav. Mergem la terasa Café de Paris, unde este cunoscut. El comandă o cafea fierbinte, eu, un suc de portocale. Domnul se uită la trecători. Trebuie spus că este un loc foarte frecventat. După un timp îmi zice:

— Nouăzeci!

— Nouăzeci ce?

— Nouăzeci de fete și femei din o sută poartă văl! Le-am numărat. Își acoperă capul cu o eșarfă care împiedică părul să respire. Este o tragedie. Într-o zi își vor da seama că nu mai au păr. Toate astea sunt recente. Înainte, femeile purtau un *hijab* care ajungea la nivelul nasului. Astăzi își arată apartenența la un islam strict pentru ca bărbații să nu se distreze hărțuindu-le. E ca pe vremea Profetului.

— Nu mai suntem pe vremea Profetului!

— Da, dar ignoranța predomină. O să-ți spun povestea vălului, este o referință la el în Sura „Alianțele". Femeile mergeau la cumpărături seara. Era foarte cald, așteptau apusul soarelui ca să iasă din casă. Bărbații le hărțuiau, luându-le drept prostituate. Una dintre ele s-a plâns Profetului Mohamed. Atunci a apărut un verset: „O, Profetule! Spune-le soţiilor tale, fiicelor tale şi femeilor credincioşilor să se acopere bine cu *gilaburile* lor, căci numai aşa vor fi recunoscute şi nu vor fi necăjite". Restul este interpretare abuzivă.

După o clipă, l-am întrebat dacă soţia şi fiica lui, despre care mi-a vorbit odată, poartă văl.

A lovit în masă cu pumnul atât de tare, că a vărsat cafeaua.

— Să nu vorbeşti niciodată despre fiica mea. Niciodată!

I-am cerut scuze şi nu am mai spus nimic. Chelnerul i-a adus altă cafea fierbinte. A sorbit o dată sau de două ori, apoi a zis:

— Soţia mea îşi ascunde întotdeauna părul, chiar şi atunci când suntem singuri acasă. Când mergeam în vacanţă în Spania, se schimba complet. Gata cu *djellaba*, cu vălul şi cu tot ce amintea că e musulmană. Devenea europeană, în fine, încerca să se poarte de parcă ar fi fost spaniolă. Biata de ea, era ridicolă. Dar măcar puteam să-i văd părul fluturând în vânt. Odată întoarsă în ţară, devenea iar urâtă, pentru că vălul are scopul de a le face pe femei urâte, astfel încât niciun bărbat să nu se apropie de ele. Soţia mea nu are nevoie de văl pentru a-i speria pe bărbaţi, dovadă că, la aproape optzeci de ani, încă mă tem de ea! Închipuie-ţi!

Nu am îndrăznit să-l întreb de ce mai stă cu ea. Dar am înţeles că ceva îi ţine prizonieri în această relaţie toxică. Dar nu-i treaba mea. Eu tac şi muncesc.

27

SAMIA

21 noiembrie 2000

Totul mi se amestecă în minte. Nu mai pot să povestesc ce mi s-a întâmplat. S-o iau de la început.

Singura dată când am intrat în apartamentul lui Khenzir – așa îl numesc eu, înseamnă „porc“ în arabă – era foarte întuneric. Draperiile erau trase. Un miros neplăcut de parfum indian plutea în aer. Erau prea multe lucruri. Covoare în culori închise pe podea, peste tot măsuțe exotice, țesături agățate pe pereți. O atmosferă sufocantă. Am vrut să mă ridic și să plec. În momentul în care am dat să-mi iau ghiozdanul, o mână aproape metalică m-a oprit. Nu puteam să mă mișc sau să mă ridic. Mă domina și mă simțeam foarte mică. M-am speriat. A pus muzică de Ravi Shankar. Apoi mi-a întins un pahar cu ceai, pe care am decis să nu-l beau. S-a așezat lângă mine calm și a deschis un dosar albastru. Mirosea a bătrân. Avea acea răsuflare pe care o au bătrânii care se neglijează.

— Poezia ta este minunată. Ai un dar neprețuit, deși am observat câteva stângăcii. O să le studiem pe toate. Vino mai aproape, nu-ți fie frică! În poezie există un sentiment de comuniune. Așa că lasă-te în voia lui. Inima ta mi-a vorbit, a mea trebuie să răspundă, apropie-te s-o auzi.

Faptul că o persoană lua în serios ceea ce scrisesem mi-a dat senzația că sunt cineva. Scriam în singurătate, dar speranța mea era să-mi împărtășesc cuvintele, să fiu citită și recunoscută. Khenzir răspundea așteptării mele profunde, chiar dacă îmi dădea o senzație de stânjeneală. Am simțit că fuga devenise imposibilă. Planificase totul. Răsplata și pedeapsa.

Pe măsură ce citea, îi simțeam corpul colțuros mai aproape de al meu. L-am împins ușor. Și-a cerut scuze și a continuat să-mi comenteze poezia.

— Trebuie sa bei acest ceai pe care l-am pregătit eu însumi cu plante binefăcătoare aduse de departe. Un prieten mi le-a procurat din India, eu nici nu beau altceva.

Mi-am înmuiat buzele în ceai și a fost cât pe ce să scuip. Am înghițit cu greu, apoi am pus paharul pe măsuță. Cred că puținul pe care l-am băut a avut efect. Amețeam și simțeam că voința mă părăsește. Îmi pierdeam controlul. Îl auzeam spunându-mi: „Nu te împotrivi, ai încredere în mine, o să vezi, sunt un om blând și atent...“

Khenzir a pus mâna pe mine și tot ce-mi amintesc e durerea pe care mi-o provocau coatele și degetele lui.

Parcă erau piroane sau cuie în carnea mea. Mă zbăteam. Era mai puternic decât mine. Știa cum să imobilizeze un corp și să facă orice vrea cu el. Mi-am dat seama că e specialist în asta. Am reușit să mă eliberez o clipă și să-l lovesc puternic în abdomen. A dat drumul prăzii și a început să urle, să rostească amenințări. Încă eram conștientă. M-am rugat la Dumnezeu și la profeții Săi să mă scape din ghearele acelui animal turbat. I-am chemat în ajutor pe mama, pe tata. El mi-a îndesat o cârpă în gură. Am crezut că o să mă sufoc. O palmă răsunătoare m-a aruncat pe podea, unde textele mele zăceau mototolite și rupte. Lupta devenea inutilă. Mi-am pierdut cunoștința. Cât despre Dumnezeu, profeții Lui, părinții mei, vecinii... toți m-au abandonat.

Restul, ce s-a întâmplat cât am fost leșinată, nu pot să descriu. Când mi-am revenit, el stătea lângă mine, râzând și bând alcool. Mi s-a părut că am auzit ceva de genul „ca să fii publicată, trebuie să plătești. Dă ca să-ți dau".

Am vomitat pe picioarele lui, care arătau ca niște clești. A țipat și mi-a mai dat o palmă.

Am apucat măsuța de ceai și am aruncat-o cu toată puterea spre el. S-a ferit, însă a căzut și s-a lovit. Brusc, am observat un cuțit mare pe marginea mesei din bucătărie. El și-a dat seama că l-am văzut și s-a repezit să-l ascundă în dulap. Nu mi-a mai rămas decât pick-upul să i-l arunc în față. Ceea ce am și făcut. M-a acoperit de lovituri și atunci am știut că reușise să mă violeze încă o dată. Era sânge între picioarele mele, pe covorul întunecat, pe poeziile mele împrăștiate pe podea. M-am clătinat, m-am agățat de perdele și am ajuns la un metru de ușă. Am luat un lacăt care era pus la intrare şi i l-am azvârlit în testicule. S-a îndoit de durere, am înhăţat cheile, am deschis şi am ieşit plângând şi strigând după ajutor. Nimeni nu mi-a răspuns. Şi astfel m-am trezit pe strada Goya, în jurul orei douăzeci, tocmai ieşea lumea de la cinema. Eram ca o vagaboandă. Oamenii îmi aruncau priviri dezaprobatoare.

Nu-mi mai controlam corpul. Nu mai era al meu. Nu-l mai simţeam. Monstrul se înverşuna asupra lui ca un porc flămând, ca o hienă rănită, ca un individ banal care a renunţat la umanitatea sa. Încă îi port în mine respiraţia fetită, dinţii galbeni şi ochii tot galbeni. Sunt plină de mizerii, grea de deşeuri ingerate în timpul violului. Sunt grea de urina, saliva şi excrementele lui. Sunt o pubelă, nu-mi rămâne decât să aştept să treacă gunoierii, să mă adune şi să mă arunce pe stânca şobolanilor şi a mortăciunilor.

Din fericire, când am ajuns acasă, părinţii mei erau plecaţi. Probabil se duseseră în vizită la nişte veri. Voiam să mor imediat. Dar mai întâi trebuia să curăţ toată murdăria. Să mor sau să mă întorc la Khenzir să-l ucid. Ideea morţii era pretutindeni. Unul din noi trebuia să dispară. În timp ce mă spălam, elaboram planuri pentru o crimă perfectă.

Degeaba îmi frecam pielea, degeaba îmi săpuneam tot corpul, mă simţeam murdară, foarte murdară, pe dinafară şi pe dinăuntru. Nu ştiam cum să scap de acea porcărie, de mirosul de putreziciune la care se adăuga răsuflarea lui respingătoare de bătrân. După o oră, eram atât de obosită, încât m-am hotărât să dorm.

M-am aruncat în pat şi am dormit ca o fiară rănită. Un somn agitat. Ţipam. Transpiram. Dimineaţa, m-am pomenit întinsă pe podea. Căzusem din pat, dar nu simțisem. Sufletul îmi era într-o stare jalnică, sfărâmat în mii de bucăți.

A doua zi era duminică. Am rugat-o pe mama să mă ducă la hamam, sperând că Fakrya, maseuza neagră, o să-mi frece pielea până o să scap de toată murdăria.

Durerea fizică și cea morală erau dublate de rușine. Rușine și tăcere. Să nu spun nimic. Să păstrez totul pentru mine. Nu aveam curajul să povestesc ce pățisem. Fakrya m-a frecționat îndelung, cu mare grijă. Mama mi-a atras atenția că, tot îndepărtând pieile moarte, n-o să mai rămână piele deloc.

Da, aș fi vrut să-mi schimb pielea. Să-mi înlocuiesc pielea care îndurase oroarea cu una nouă-nouță.

Restul zilei de duminică l-am petrecut în camera mea. Am scris versuri fade. Îmi lipseau cuvintele pentru a descrie ceea ce trăisem. Am renunțat să scriu și m-am apucat să citesc Gérard de Nerval.

Îmi spun că despre viață
Nu știu nimic
Poate răcoarea vântului
Așteptarea iubirii
Nevoia de a-mi goli trupul de lacrimi
Ca să fiu ușoară
Să urc pe un cal
Și să fug pe nisip
Cu ochii închiși

28

MOURAD

O amintire mă bântuie. Se întoarce de fiecare dată cu aceeaşi precizie: imaginile, mişcările, furia amestecată cu ruşine şi frică. Ascult din adâncul patului, tot mai scobit, angoasa acestei dimineţi de decembrie. Ceva care mă strânge de gât, care face să-mi curgă un sânge rece prin vene.

Durează de pe vremea când am acceptat primele plicuri. Nu ştiu de ce, dar antreprenorul îl pusese într-o carte de bucate chinezească. Mi-a spus: „E un cadou pentru doamna, să vă facă gustări delicioase. Doar deschideţi cartea şi urmaţi indicaţiile..."

Colegii mei erau obişnuiţi să primească bani, aşa că nu au reacţionat, se prefăceau că sunt ocupaţi cu dosarele lor.

Am luat cartea acasă şi i-am dat-o soţiei. Ea n-a ghicit ce e înăuntru, a crezut că e un reproş deghizat. M-a întrebat:

— Nu-ţi mai place cum gătesc? Vrei să mă apuc să fac chinezării?

Când a deschis cartea, plicul a căzut şi bancnotele s-au împrăştiat pe podea. Ea a izbucnit în râs şi mi-a spus:

— Vino să te pup, în sfârşit, devii bărbat, un bărbat adevărat!

Nu am răspuns, am lăsat să treacă momentul şi am coborât privirea. Să fii bărbat! Unul adevărat! Ce înseamnă? Să ai bani? Mai ales bani murdari! Pentru mulţi dintre compatrioţii mei, banii şi puterea sexuală merg mână în mână. Despre un om bogat se spune: „E bine, sănătos". La acea vreme, după criteriul ăsta, nu o duceam bine cu sănătatea, fiindcă abia dacă o scoteam la capăt cu banii.

Viaţa conjugală nu mi s-a îmbunătăţit. Cu cât era mai mulţumită din punct de vedere financiar, cu atât Malika era mai frustrată. Cât despre mine, cu cât acceptam corupţia, cu atât o doream mai puţin. Împliniserăm şapte ani de căsnicie. Dar nu mi se scula. Nu ştiu de ce, când mergeam la culcare, mă gândeam mereu la bancnotele căzute din cartea de bucate chinezească. Ea mă acuza că o înşel, deşi pe atunci nu frecventam alte femei.

— Eşti tânăr, ar trebui să fii viguros ca un taur şi, când colo, tu ce faci? Îţi baţi joc de mine, cine-i amanta care te stoarce de vlagă?

— Nu există nicio amantă. Sunt mai surprins decât tine. O să mă duc la doctor, îţi promit.

Din cauza ei devenisem corupt, un funcţionar mărunt de categoria a treia, care-şi rotunjea veniturile lunare călcându-şi în picioare demnitatea. De fiecare dată când se întorcea de la hamam, aveam dreptul la o lecţie de morală.

— Nu trebuie să te simţi vinovat. Nu faci nimic rău, te adaptezi societăţii, nu-i vina noastră că societatea e putredă. Încetează să te mai joci de-a „conştiinţa încărcată“, eşti ca toţi ceilalţi, un om care-şi completează salariul din buzunarul celor care au nevoie de semnătura ta. Atâta tot. Sunt sigură că nenorocita asta de conştiinţă te împiedică să ai erecţie. Fă un efort, domnule Cinstea Întruchipată!

Unul din cei doi colegi de birou ieşea la pensie. Făcuse tot ce putuse ca să mai lucreze un an sau doi în plus, altfel s-ar fi zis cu plicurile pentru el. Dar acum chiar se terminase. Era atât de nefericit, atât de supărat, că-ţi venea să-l consolezi. Am socotit, la rândul meu, câţi ani mai am până împlinesc şaizeci. Încă cinci! Cinci ani în care ar trebui să-i dau bice pentru a nu ajunge ca vecinul meu, confruntat cu o realitate pe care o pierdusem din vedere. Când s-a pensionat, colegul a descoperit că are credite de rambursat şi că-i lipsesc mijloacele.

Cu timpul, devenisem un bun cetăţean, unul dintre acei marocani care îşi petrec viaţa împăcându-se. M-am împăcat cu toate, îmi spuneam, cu moralitatea, cu conştiinţa, cu religia, cu Dumnezeu, cu ceilalţi, dar nu am reuşit să mă împac cu soţia.

Imaginea mea nu mai era vagă ca la începutul carierei. Acum era clară şi precisă. Era imaginea unui nemernic satisfăcut, un bun marocan corupt şi infidel. Trebuia nu numai să mă obişnuiesc cu ea, ci şi s-o găsesc corectă şi legitimă.

Soţia mea, din ce în ce mai superstiţioasă, era convinsă că tragedia pe care o trăiserăm e o pedeapsă de la Dumnezeu. Nu mă lăsam antrenat în acest tip de raţionament, o ascultam, apoi mă gândeam la altceva.

După tragedie, viaţa mea n-a mai avut nici sens, nici valoare. Aşa că mai bine să devii un oarecare, o persoană cu o doză mare de mediocritate, un pic de vulgaritate şi multă indiferenţă. Este cazul unui număr impresionant de cetăţeni, care nici măcar nu se plâng de asta.

29

SAMIA

3 noiembrie 2000

Existența mea este o greșeală. Am dreptate să vreau să plec. Dumnezeu nu are niciun amestec, mama și tata, nici atât. De când am înțeles că locul meu nu e aici, mă simt ușoară și pregătită să plec. Multă vreme mi-am făcut idei despre viață și moarte. Eram nefericită și nu spuneam nimic. Tăcerea mi-a fost refugiu, ascunzătoare. De multe ori, mă întrebam ce caut în această familie în care nimeni nu e la locul lui. Părinții mei, sau, ca să fiu corectă, mai ales mama, erau sclavii tradiției în tot ceea ce are aceasta mai retrograd și mai stupid. În plus, maniile și superstițiile ei mă oboseau. Lumea era împărțită între cei care deocheau și cei care erau victime. Evident că ea se afla în tabăra victimelor. Nu înțelegeam cum o singură privire poate transmite boala și nenorocirea.

Poate că se iubeau în momentul nașterii mele. Mi se pare că între ei exista tandrețe sau măcar un amestec de sentimente și respect pentru tradiții. Dar ceea ce nu suportam era relația lor cu banii. Mama moștenise avariția de la părinții ei. Și crea la noi acasă atmosfera în care fusese educată ea.

Schimbarea centralei termice pe gaz provocase o dramă familială reală. Mama prefera una chinezească, mult mai ieftină. Tata era de părerea instalatorului, care ne recomandase o centrală germană, mult mai solidă și mai fiabilă. Ziarele relataseră mai multe cazuri de defecțiuni și scurgeri de gaz în cazul modelelor chinezești. Asta ar fi trebui să-i pună pe gânduri. Însă mama nu voia să audă nimic. Așa că tata a preferat să cedeze, în loc să se opună. Se ducea la birou, se vedea cu prietenii și se întorcea acasă de parcă ar fi intrat pe poarta unei închisori.

Martor tăcut al acestei drame, mă consideram o greșeală în această familie. Citeam în secret *Despre neajunsul de a te fi născut* de Emil Cioran, o ediție de buzunar uzată, cumpărată de pe trotuarele orașului vechi. Cartea era subliniată aproape toată. Aparținuse unui anume Guillaume. Atâta luciditate mă fascina. Copiam unele fraze în jurnalul meu. Dar nu din cauza acestei lecturi am decis să plec. Parfumul libertății mele mă călăuzește, închid ochii, nu provoc nimic. Restul nu va mai ține de mine.

În după-amiaza asta, părinții mei lipsesc. Sunt singură acasă. Stau la masa din bucătărie, ascult poezia care mă copleșește. Scriu știind că probabil vor fi ultimele pagini din jurnalul meu și ultimele mele poeme. Nu pot explica de ce am această presimțire, dar sunt profund convinsă că așa e. Cuvintele îmi vin grăbite în minte. Cuvinte și culori. Dacă aș avea culori și pensule, aș picta o pânză imensă.

Omul era urât. Trupul lui slab avea ceva bolnăvicios. Privirea din spatele ochelarilor cu lentile „fund de borcan" trecea prin corsajul fetelor și le dezbrăca imediat. Avea metodele și capcanele lui. Am vrut să-l văd de aproape. În liceu, vorbeam între noi despre acest căpcăun care le dădea târcoale fetelor mai mici. Nu ne puteam imagina ce face. Era un fel de mister captivant. Mă credeam puternică și isteață. Îmi spuneam că n-o să cad niciodată în ghearele lui. Avea un ziar, o foaie pliată în două în care publica poeziile victimelor sale. Și eu voiam să-mi public poeziile. Aveam nevoie să le văd tipărite. Știam că această fițuică e distribuită doar în Tanger, la câteva chioșcuri de ziare. Nu publica decât poeme semnate de fete tinere, printre altele, și pe ale verișoarei mele. Nu băga în seamă textele trimise de băieți.

Timpul liber mi-l petreceam citind. Citeam tot ce-mi cădea în mână. Am citit chiar și o carte groasă despre albine. Dar preferam poezia. Învățam pe de rost versuri de Rimbaud și de Verlaine. Copiam în jurnalul meu strofe de Baudelaire. O asemenea lectură asiduă a dus în mod firesc la dorința de a scrie. Eram naivă, dar sinceră. I-am arătat odată poeziile mele profesorului nostru de franceză; a aruncat o privire peste ele, a făcut o strâmbătură ciudată și mi-a înapoiat caietul. Eram umilită. Îmi venea să plâng. Este o nebunie cum poți ucide pe cineva cu o strâmbătură. În ziua aceea, l-am văzut pe oribilul „editor" al fițuicii de poezie. A venit la mine ca şi cum ar fi ştiut că profesorul meu mă umilise. A întins mâna de parcă ar fi trebuit să-i dau ceva. Mi-a spus: „Vreau poeziile tale“. Fără să mă gândesc, fără să ezit, le-am depus în mâinile lui slabe cu degete subţiri.

A doua zi aştepta iar la ieşirea liceului de pe strada Tolstoi. S-a apropiat de mine ca şi cum am fi fost din aceeaşi familie şi mi-a spus: „Sunt foarte frumoase, trebuie să vorbim despre ele. Ai avea timp mâine, sâmbătă, pe la cinci? Locuiesc deasupra cafenelei Porte, o ştii? Primul etaj, apartamentul A“.

La lăsarea serii, ezitam între emoţie şi neîncredere. Acest personaj oribil mă speria. Dar mă simţeam suficient de puternică pentru a rezista violenţei lui. Faţa lui, întunecată şi colţoasă, trăda un suflet negru şi rău.

O teamă decisivă se sfâşie
Cade în bucăţi pe picioarele mele goale
Spre necunoscut îmi vărs lacrimile
Sălbatic, cu ochii legaţi

30

VIAD

În această dimineaţă am însoţit-o pe doamna la cimitir. Mi-a cerut să curăţ un mormânt. De îndată ce s-a aşezat pe lespedea mormântului de alături, a început să plângă şi să vorbească în acelaşi timp, ca şi cum persoana de sub pământ ar fi fost acolo să o asculte. Mi-am dat seama că e mormântul fiicei sale. Doamna zicea: „Vezi, fiica mea, n-o să te uit niciodată. Vin să te văd şi să-ţi povestesc ce se întâmplă acasă. Sunt bolnavă, iau peste zece medicamente pe zi, unele tratează corpul, altele încearcă să-mi aline durerea, nefericirea pe care o port în mine de atâta vreme. Fratele tău Adam are mari probleme la serviciu, aş putea să-l ajut, să-l susţin, dar soţia lui, geloasă şi egoistă, nu-l lasă să vină pe la noi. Şi tatăl tău e bolnav, dar exagerează, crede că oboseala lui e mai mare decât a mea. Se plânge tot timpul. Nu-i niciodată mulțumit. Fac tot ce pot pentru a-i ușura durerea, dar el e rău, n-are niciun fel de tandrețe față de mine, se gândește doar la el, uneori iese în oraș și se întoarce noaptea foarte târziu, nu pun nicio întrebare, mă uit cum viața mea trece mizerabil și îi mulțumesc lui Dumnezeu, măcar El, adică Dumnezeu, știe totul, e puternic și milostiv, cunoaște adevărul despre fiecare. Aștept ca El să-mi facă dreptate. Viața mea, viața noastră a devenit mai întâi un deșert, apoi un iad. Vinovăția. Ea ne macină viața. Mă simt vinovată. Tatăl tău se simte vinovat. Ne învinuim reciproc, e din ce în ce mai greu de suportat. Există un «înainte» și un «după» acea zi funestă când ne-am dus la logodna vărului tău la Tétouan. Tu ai vrut să rămâi singură, să te speli și să-ți faci temele. Mă opresc aici, pentru că nu mai pot vorbi".

A rămas nemișcată o clipă, mi-a dat niște monede să le împart cerșetorilor, apoi a cerut ca ei să se îndepărteze, s-o lase în pace. I-am alungat, ceea ce nu le-a plăcut unora dintre ei, care mi-au strigat amabilități: „Suie-te înapoi în copacul tău, o să te simți bine acolo cu ciorile! Să te gonească un negru! Unde-am ajuns!" În cimitire, cerșetorii sunt răi.

Ea nu a reacționat la insultele cerșetorilor, și-a reluat discursul:

„Știu că ești în paradis. N-am nicio îndoială. Inocentă, fecioară, blândă și frumoasă, o meriți. Cu mine și cu tatăl tău nu știu dacă Dumnezeu va fi îngăduitor. Viața noastră a devenit un iad. Mă repet. Știu. Dar aceleași cuvinte îmi vin mereu în minte. Am refuzat mult timp să recunosc, dar adevărul e că nu ne mai suportăm unul pe altul. Trebuie spus că, de la plecarea ta atât de violentă, atât de crudă, ne-am pierdut dorința de a trăi și de a iubi. Tatăl tău s-a împăcat cu moralitatea și face orice vrea fără să aibă nici cea mai mică remușcare. E convins că ai plecat din cauza mea. Cum aș fi putut să pun în pericol viața fiicei mele iubite? Zice că el ar fi cumpărat centrala germană, mai fiabilă, și că eu, ca să fac economie, am ales-o pe cea chinezească. Poate că are dreptate. Dar nu știam că aceste chinezării sunt mașinării ale morții. De atunci, nimeni nu mai cumpără acest tip de produs."

După un lung moment de tăcere și reculegere, doamna s-a ridicat sprijinindu-se de brațul meu. Mi-a aruncat o privire recunoscătoare și mi-a spus:

— Ești curajos și puternic, știu că pot conta pe tine.

Am profitat de ocazie pentru a o întreba dacă a reușit să ia legătura cu nepotul ei care lucrează la prefectură pentru reglementarea situației mele. Mi-a răspuns: „Am uitat. Promit că mă ocup de asta mâine".

Vecinul din stânga a început alte lucrări la vila sa. Zgomotele de demolare și de bormașină ne sparg timpanele toată ziua. Doamna strigă de durere. Domnul își pune căștile pentru a asculta un concert transmis la televizor. Pe lângă vibrațiile insuportabile, praful de pe șantier ajunge pe podeaua casei. Degeaba șterg, vine întruna. La cererea doamnei, m-am dus să-i rog pe muncitori să facă mai puțin zgomot. Am fost primit ca o persoană dubioasă. Insulte rasiste, desigur, gesturi vulgare, țipete și râsete. Am plecat de acolo bodogănind. În mod hotărât, marocanii nu au deloc simț civic. Nu spun că acasă la mine este mai bine, dar măcar le acordăm cât de cât atenție celorlalți. Am aflat că proprietarul vilei este medic. Nu-l interesează plângerile vecinilor. Disprețuiește pe toată lumea. Nu mi-ar plăcea să fiu tratat de el vreodată.

La o lună după vizita la cimitir, doamna mi-a dat formularele de completat pentru rezolvarea situației mele. Mi-a spus: „Ordinul Majestății Sale! Dumnezeu să-l țină și să-i dea viață lungă!“ Nu știam că Majestatea Sa e la curent cu cazul meu.

Am petrecut ore întregi cântărindu-mi cuvintele pentru a completa formularele. Am scris doar adevărul. Mi-am dat numele real, data și locul nașterii, am înșirat diplomele, pe care le păstrasem cu grijă în căptușeala rucsacului, referințele. Probabil că am fost unul dintre puținii mauritani care au ajuns în Tanger. În încheiere, am scris cu creionul „Trăiască regele“. Nimeni n-ar putea să mă învinovățească pentru asta. La urma urmei, datorită lui, zeci de mii de africani au astăzi acte de identitate. Unii lucrează și chiar s-au căsătorit cu marocane. În ziua în care voi avea actele, mă voi duce singur la mormântul Samiei și îi voi povesti și eu viața mea.

31

ADAM

Dacă ar trebui să ascult toate tânguirile mamei, aş fi deja la spitalul de psihiatrie. Dar e mama mea şi, datorită educaţiei pe care am primit-o, nu pot s-o contrazic şi să-i spun tot ce gândesc. Când ajung acasă, întâi o îmbrăţişez, apoi, cum e tradiţia, îi sărut mâinile. La fel fac şi cu tata. Asta n-o opreşte pe mama să se ia de mine şi de soţia mea. Într-o zi am înţeles că nu iubeşte pe nimeni. Eu am o fire optimistă. Iubesc viaţa, îmi place să primesc şi să dau cadouri, îmi place să râd şi să văd partea bună a lucrurilor. Dar cu mama nimic nu merge. O adevărată mamă evreică – într-o zi i-am spus-o în glumă, dar a reacţionat atât de rău, încât a trebuit să-i cer scuze şi să-i explic metafora! –, vrea să dirijeze totul, să controleze totul, să domine totul. Îi lipseşte dragostea. Tata n-o mai iubeşte de mult.

Se vede imediat. El e în altă parte, în lumea lui, între cărțile, filmele și discurile lui de jazz.

Înainte ca sănătatea să i se deterioreze, am elaborat un plan pentru ca el să-și realizeze fantezia, să petreacă o noapte în brațele unei femei de genul Avei Gardner, actrița lui preferată. Cu câteva săptămâni înainte, am pregătit totul cu atenție. Am găsit banii, femeia și pretextul.

În privința banilor, tocmai primisem bonusul anual și am decis să-l împart cu el. În privința femeii, Maria era prietena unei prietene; n-ar fi refuzat o scurtă călătorie plăcută, la Marbella, de exemplu. Mai rămânea să găsesc pretextul. Nu putea fi decât medical. Am reușit să-l conving pe tata să meargă în Spania pentru o consultație la doctorul Azancot, renumitul urolog. Evident că nu i-am spus nimic despre femeie.

Nu mai trebuia decât ca mama să accepte plecarea lui la Marbella. Problema s-a rezolvat de la sine, pașaportul mamei expirase și dura prea mult să-l refacă și să primească viza. Apoi am mizat pe domeniul medical. I-am spus mamei că tata are nevoie să meargă la un specialist pentru problemele sale cu vezica urinară și cu prostata și că o să-l însoțesc eu, fiindcă e o chestiune de bărbați. În mod curios, mama nu a protestat. A fost de acord, făcând doar o mică remarcă: „Nu mai există urologi în Tanger?“ „Ba da, dar nu sunt buni, mamă!“

Când, la debarcaderul din Tanger, i-am prezentat-o tatei pe Maria, m-am simțit puțin stânjenit. Nu știam cum să-i explic situația. Dar Maria s-a ocupat de asta și totul a mers perfect. Vremea era frumoasă, Marbella este destul de plăcută iarna, lipsită de turiști, iar Maria și-a jucat rolul foarte bine. Tata a înțeles imediat și și-a jucat, de asemenea, rolul ca un adevărat actor. S-a distrat și a acumulat puțină energie și curaj ca să suporte viața în subsol.

Îl vedeam vesel și radios și îmi spuneam că tata merită acest dar. Nu exista nimic rău în asta. Să petreacă două zile și o noapte în afara casei, care mirosea a nefericire și a umiditate nesănătoasă, nu putea decât să-i facă bine. Mama nu știa nimic.

Maria a fost minunată. Mi-a făcut cu plăcere serviciul de a-i ține companie unui bătrân fermecător și amabil, un bărbat care iubește mult femeile. Tata mi-a mărturisit într-o zi că el consideră *Bărbatul care iubea femeile* drept cel mai frumos film al regizorului François Truffaut și cel mai frumos omagiu adus seducției. Era convins că filmul fusese realizat pentru bărbați ca el. Pentru tata, a fi cu o femeie, chiar dacă nu se întâmpla nimic sexual, era ceva esențial în viață.

Cu Maria, evident, nu se punea problema sexului. Avea cincizeci de ani, era divorțată și fără copii. Am aflat că s-au plimbat mult, că Maria făcuse cumpărături și că tata se simțise în al nouălea cer de dimineața până seara, căci uitase cum e să ai în viață și mici momente de fericire.

Am început să râd când mi-am imaginat un scenariu asemănător pentru mama. Rigidă și fără umor, ea ar fi văzut în propunerea mea un păcat pe care Dumnezeu nu l-ar fi iertat niciodată. Cu siguranță, m-ar fi ocărât și ar fi acuzat-o pe soția mea că venise cu o astfel de idee absurdă și satanică! Nu mă gândeam s-o arunc în brațele unui gigolo, ideea mea era mai degrabă să-i ofer câteva zile undeva cu una dintre prietenele ei. Dar nu avea prietene.

Degeaba am căutat, nu exista niciuna. În final, am renunțat la această idee. Scopul meu era doar să aduc în acel subsol un pic de aer proaspăt, puțină viață și bucurie. Cu ea, pur și simplu, nu era posibil.

M-am întrebat adesea dacă rolul unui fiu este într-adevăr să le ofere momente de plăcere părinților săi atunci când corpul intră în declin. Nu am găsit niciodată răspunsul. În felul meu, fără să mă iau prea mult în serios, am încercat de câte ori am putut să împiedic dramele dintre ei. Evident, nu i-am vorbit soției mele sau altcuiva despre asta. Era secretul meu.

32

MONCEF

Eu sunt cel care nu apare în această poveste. Sunt fratele mai mic al Samiei şi al lui Adam. Întotdeauna mi-am urmat instinctul şi, de foarte tânăr, am înţeles că nimerisem într-o familie în care dădea târcoale nebunia, în orice caz, ceva nesănătos. Am decis să scap de acest blestem. Cuvântul este prea tare, într-adevăr, fără îndoială că exagerez puţin.

Nu sunt foarte isteţ, dar mă pricep la oameni. Nimic nu funcţionează normal în familia mea. Poate că era mai bine înainte de ceea ce ei numesc „ziua funestă a tragediei". Oricum, eu nu-mi amintesc perioada respectivă. Aveam doi ani când s-a întâmplat. În schimb, toată copilăria mi-a fost marcată de această poveste despre care se vorbea fără a spune lucrurilor pe nume. Mă lăsau să ghicesc ce se petrecuse. În ziua când am împlinit șapte ani, a fost un cutremur în nordul țării. S-a resimțit până în Tanger, dar nu a provocat victime. În mod ciudat, atunci am înțeles ceva despre cutremurul din familie. Nu am încercat niciodată să merg mai departe. Am preferat să plec, de fapt, să fug.

În anul în care mă pregăteam pentru bac, am făcut niște cercetări. Urmăream să găsesc o destinație, cât mai departe de familie. La început am visat la Australia. Îmi spuneam că nu există alt loc mai îndepărtat, că e capătul lumii, că acolo n-o să vină nimeni să mă caute. Australia este țara de care tata pomenea adesea când situația din Maroc îl enerva. Acolo trebuia să merg. M-am dezumflat repede când am aflat condițiile de intrare în țară și m-am mulțumit cu un vis mai modest și, mai ales, realizabil: Canada. În câteva săptămâni, am devenit expert în clima, istoria, peisajele, economia, politica acestei țări.

Era ușor să imigrezi în Canada. Cu dosarul meu (mențiunea „foarte bine" la matematică, la bac), nu am avut nicio problemă să fiu acceptat la o mare universitate, să obțin o bursă de studii, precum și viză și bilet de avion. Visul meu devenea realitate. Mama a plâns câteva zile. Chiar a leșinat când i-am dat vestea. Tata a fost mai înțelegător. Mi-a dat binecuvântarea lui și mi-a cerut să nu-l uit. Așa se face că, în fiecare an, îmi petrec luna august în Tanger. Mă cazez la hotel și îi scot în oraș din când în când. La început veneam cu soția mea, o italiancă pe care am cunoscut-o la Toronto, însă mama nu o plăcea, fără vreun motiv aparent. Mai târziu am înțeles. Nu trebuia să-mi pun în pericol căminul pentru că mama era roasă de gelozie.

Fratele meu Adam mă ţine la curent cu tot ce se întâmplă în familie. Mereu aceeaşi placă, „spital şi farmacie“, cum zice el. Râdem, dar ştiu că e trist. Cred că am reuşit să-mi salvez pielea. Duc o viaţă normală. Cuplul nostru se bazează pe dragoste şi pe respect.

Într-un an, i-am invitat pe părinţii mei să petreacă sărbătorile de sfârşit de an în Québec. S-au certat întruna. Soţia mea nu înţelegea de ce stau împreună ca să-şi facă rău reciproc. Mama a suferit mai ales de frig. Tata a fost curios în legătură cu ţara şi tradiţiile ei.

Când au plecat, am simţit o mare uşurare. De atunci, relaţiile noastre s-au mai răcit. Am rărit călătoriile la Tanger, una la doi ani, apoi una la trei ani.

Este mai bine aşa. Eu sunt personajul care a preferat să nu aibă un loc în această poveste. Mai târziu, când am citit jurnalul surorii mele dispărute, am plâns.

33

MOURAD

Când Adam mi-a vorbit despre o consultaţie la doctorul Azancot, la Marbella, am bănuit că e un mic scenariu la mijloc. Nu am zis nimic. Când să urcăm pe vaporul cu destinaţia Algésiras, Adam m-a prezentat Mariei şi a dispărut cât ai clipi, spunându-mi că tocmai fusese chemat de şeful său şi că o să vină după noi mai târziu. Nu-ţi laşi niciodată şeful să aştepte.

Privind-o pe Maria, am înţeles imediat ce pusese la cale Adam şi l-am binecuvântat de mai multe ori. Nici că putea să-mi ofere o plăcere mai mare. Eram mulţumit, uşurat şi curios să mă găsesc în compania unei doamne elegante şi prietenoase. Iniţial, voia să facă pe infirmiera, am sfătuit-o imediat să renunţe la acest rol.

În timpul traversării, a mers de mai multe ori să-mi ia ceai, mi-a adus croasante și chiar un pachet de migdale prăjite. Știa, probabil că îi spusese Adam, că îmi plac migdalele prăjite. Ea a fost cea care a completat formularele, folosind pașaportul meu, pentru poliția de frontieră și, când am coborât de pe vas, tot ea a avut inițiativa să mă ia de braț ca și cum am fi fost un cuplu normal. În Maroc diferența de vârstă dintre soți face rareori obiectul unor comentarii. Adesea vedem bărbați de peste șaizeci de ani cu femei mult mai tinere, care ar putea să le fie fiice. Invers nu găsești, cu excepția câtorva femei străine bogate care își oferă compania unor bărbați tineri și frumoși.

Ne-am urcat în autobuzul care face legătura între Algésiras și Marbella. Mă simțeam în vacanță, ceea ce nu mi se mai întâmplase de douăzeci de ani. Maria, mereu atentă cu mine, părea și ea bucuroasă de această escapadă. Vorbea foarte puțin, dar zâmbea des. Am aflat că e divorțată și că nu s-a recăsătorit.

Camera de hotel era mare. Am observat imediat că există două paturi separate de o noptieră mică. Baia era exact cum îmi place mie. Spațioasă, cu covorașe antiderapante, cu prosoape albe, groase. Mă gândeam deja la baia pe care o s-o fac la sfârșitul zilei, după ce o să torn în apă spumantele care îți dau impresia că plutești pe un norișor.

Maria mi-a așezat lucrurile în șifonier și a pus pe noptieră punguța cu medicamentele mele. Apoi s-a întors spre mine și mi-a spus cu voce blândă:

— Sper că vă simțiți bine și că nu vă lipsește nimic. Mă duc în camera mea, care e alături.

N-am zis nimic. De fapt, îmi convenea. Mă trezesc de multe ori peste noapte ca să merg la toaletă și apoi am un somn destul de agitat. Mi-ar fi fost rușine să o trezesc pe această femeie atât de blândă și de zâmbitoare. În orice caz, îmi plac femeile chiar și atunci când nu mă culc cu ele. Mă încânta simplul fapt de a ști că în camera alăturată doarme o femeie amabilă și prietenoasă. Eram sigur că o să dorm bine în acea noapte. Prezența ei mă liniștea și îmi făcea extraordinar de bine.

M-am întins pe pat, încă îmbrăcat, și am ațipit brusc, semn că eram foarte relaxat. Îmi plac acele momente dintre veghe și somn, când corpul se odihnește fără să te facă să cazi într-o noapte adâncă. M-a trezit telefonul. Adam voia să știe dacă totul merge bine. L-am liniștit și i-am mulțumit pentru această atenție care mă făcea fericit.

— Maria este un înger! Uitasem că o femeie poate fi atât de drăguță, atât de amabilă.

— Am rugat-o pe soția mea s-o scoată pe mama în oraș după-amiază. Sper ca totul să decurgă fără probleme. Profită și ai grijă de tine. Și, ai înțeles deja, weekendul ăsta va fi secretul nostru!

Am început să râd, gândindu-mă cum o va întâmpina Malika pe nora sa, pe care o acuză de toate relele posibile.

Am luat prânzul târziu, ca spaniolii. Apoi ne-am făcut siesta și ne-am plimbat la sfârșitul zilei. Maria mi-a spus povestea ei, mi-a vorbit despre soțul care fusese foarte atent și amabil la începutul căsătoriei și care, de îndată ce aflase că ea are dificultăți în a rămâne însărcinată, îi făcuse viața un infern. O repudiase fără menajamente și, mai ales, fără niciun ban. Începuse să lucreze și, datorită unei moşteniri modeste de la părinţii ei, reuşise să trăiască decent. Niciodată nu luase în calcul ideea de a se recăsători. Vizita regulat închisoarea pentru femei, ajutându-le şi sprijinindu-le pe deţinute atât cât putea.

După cină, s-a oferit să-mi maseze spatele. A făcut-o cu delicateţe şi pricepere. Gesturile, ca şi cuvintele sale, erau pline de pudoare. Apoi mi-a pregătit un ceai din plante, a verificat dacă mi-am luat medicamentele de seară, m-a sărutat pe frunte şi a plecat urându-mi noapte bună.

A fost o noapte frumoasă. Am dormit dus, fără să mă foiesc. M-am ridicat din pat de două ori, dar am reuşit să adorm la loc fără probleme.

A doua zi i-am propus să meargă la cumpărături şi i-am dat câteva bancnote ca să-şi ia ce-şi doreşte. Era jenată. Am ieşit împreună din hotel, eu am luat loc pe o terasă, am comandat o cafea cu lapte şi am aşteptat-o să se întoarcă.

La cină, mi-a oferit un mic cadou pe care îl alesese pentru mine. Am băut amândoi puţin vin. Mi-a mulţumit pentru cele două zile petrecute împreună. La întoarcere, pe vapor, am asigurat-o de prietenia mea şi am întrebat-o dacă ne-am putea vedea din când în când.

— Tanger e un oraş în care bărbaţii se întâlnesc la cafenea nu pentru a bea sau a citi ziarul, ci pentru a se vorbi de rău unii pe alţii. Toată lumea bârfeşte pe toată lumea. Deci, dacă e să ne mai întâlnim, prefer să se întâmple undeva în exteriorul acestui oraş pe care-l iubesc, dar care mă agasează.

Mi-a trecut prin minte ideea de a o ruga să se mărite cu mine, apoi, imaginându-mi scandalul ce ar fi izbucnit în familie şi în afara ei, m-am abţinut şi am oftat prelung. Oricum, eu sunt împotriva poligamiei.

Întoarcerea acasă a fost calmă. Soţia mea era plecată la o nepoată de-ale ei. Adam m-a condus şi mi-a povestit aventura ieşirii soţiei sale în oraş cu mama sa. Râdea şi se bucura pentru mine.

L-am întrebat cum mai merg lucrurile cu şeful lui. S-a strâmbat, apoi mi-a răspuns:

— Visez la ziua în care o să pot demisiona şi o să-i spun în faţă tot ce cred despre modul lui de a conduce uzina. Nu mai suport să înghit bobârnace şi să tac mâlc. Ştii, în unele zile chiar îmi vine să plec din ţara asta. Nu o fac pentru că nu am inima să vă las pe tine şi pe mama singuri.

Eram consternat de ceea ce auzeam. Marocul mă îngrijora, dar nu mi-l imaginam pe fiul meu capabil să plece la fel ca fratele lui mai mic.

L-am sfătuit să reziste, ştiind foarte bine că o să fie dificil. Sentimentul meu de culpabilitate mi-a amintit că nu se cade să-i dau sfaturi. Am închis ochii şi am făcut gestul de a-l binecuvânta.

34

SAMIA

3 decembrie 2020

O răceală minerală s-a instalat în corpul meu. Sunt încremenită. Nu mai pot să mă mișc sau să cer ajutor. Sunt în camera mea mică, unde lucrurile mele zac împrăștiate. Nu am nici puterea, nici dorința de a face ordine. La ce bun? Faci ordine dacă nu te întrebi în fiecare dimineață când o să poți pleca. Faci ordine când viața a fost bună, când ai privirea îndreptată spre viitor, un viitor luminos sau, cel puțin, plin de promisiuni și de flori. De ce să faci ordine într-o viață măruntă, răscolită, sfărâmată și aruncată la câini?

Aș fi vrut să țip, să-mi strig disperarea și ura, aș fi vrut să am curajul să declanșez scandalul și să mărturisesc familiei mele, vecinilor noștri, tuturor că port în mine semințele rușinii și ale dezonoarei. Nu pun onoarea în locul unde credeți voi, nu-mi pun demnitatea între picioare, dar toată lumea din jur insistă ca onoarea și demnitatea unei tinere fete să fie plasate acolo.

Violența, brutalitatea a căror victimă am fost au distrus totul în mine. De aici provine această răceală minerală. O simt urcând în mine ca un șuvoi tăios, un șuvoi de sânge impur, și o aud pe mama chemându-i pe Dumnezeu și pe profeții Săi, pentru ca răul să fie smuls din trupul și din sufletul meu.

Sunt în derivă și nu am trăit.

Sau măcar am trăit suficient ca să știu ce las în urmă. Părinții mei! Săracii! Ei caută să se împace cu viața, în timp ce eu mă pregătesc să mă împac cu moartea. Nu am avut timp să-mi fixez privirea astfel încât să evite urâțenia acestei lumi. Citindu-l pe Rimbaud, chiar dacă nu înțelegeam totul, am căpătat certitudinea că refuz această urâțenie.

În jurul meu, oamenii nu sunt dornici să lupte. Își acceptă soarta și dorm cu sufletul liniștit. Eu nu reușesc să fiu indiferentă. De unde vine această rigiditate din mine, care mă face să stau dreaptă și să merg înainte fără să mă întorc?

N-o să știu niciodată.

Sub brațele mele totul se înjumătățește
Pântecul mi se adâncește împins de vânt și de nisipul furios
Mă agăț de firul stelelor mele ce și-au pierdut strălucirea
În dinți am fier și coral beau lichidul amar
Mă întorc precum lâna răsucită de mâinile dărăcitorului
Cerul se acoperă de cuvintele mele nerostite
Păsările cântă ciugulind rahatul unui câine tuberculos
Sunt în camera mea și văd pereții aplecându-se să mă acopere

35

MALIKA

Miracolul s-a produs! Viad a fost convocat la prefectura de poliție Dradeb. Am decis să-l însoțesc. Nu se știe niciodată. Ar putea fi trimis înapoi în Mauritania. Uneori, poliția lasă să se creadă că va elibera acte de identitate, dar, de fapt, întinde o capcană pentru a-i aresta pe imigranții ilegali și a-i expulza în țările din Africa Subsahariană. Așa a pățit un prieten de-ai lui Viad. De aceea vreau să fiu prezentă la secția de poliție.

Polițistul m-a întrebat de ce am venit. I-am explicat că sunt garantul lui Viad și că, prin urmare, e datoria mea să fiu acolo.

Poate că sunt o soție rea, poate că sunt chiar o mamă rea, dar sunt omenoasă. Am câteva idei preconcepute despre negri, dar îmi dau seama că sunt prejudecăți și încerc să trec peste ele ocupându-mă de cazul acestui nefericit care rătăcea prin cimitir.

După două ore de așteptare, Viad este chemat și intră într-un birou. Mi s-a făcut semn să-l aștept. Nu am pus niciodată piciorul într-un comisariat de poliție. Sunt aici bătrâni cu un aer pierdut, țărani care așteaptă de dimineață pe o bancă. Unul dintre ei a adormit. O femeie în vârstă încearcă în zadar să discute cu cineva de la administrație. Nimeni n-o bagă în seamă. Femeia se apropie la mine și mă întreabă dacă o pot ajuta să-și recupereze terenul furat de un vecin. Îmi spune povestea ei. O ascult și mă gândesc ce noroc am că nu m-au lovit niciodată astfel de necazuri.

— Bucata mea de pământ e mică, cam cât broboada asta. Cultivam roșii și cartofi, morcovi și salată. Cresc acolo găini și cocoși. De când mi-a murit bărbatul, vecinul meu crede că-i e permis orice și, mai deunăzi, în timpul nopții, a ridicat de jur împrejurul pământului meu un gard și iată-mă fără nimic. M-am dus la tribunal. N-am găsit pe nimeni cu care să vorbesc. Când ești de la țară, când ești sărac, nimeni nu se uită la tine, nimeni nu te ascultă, așa se întâmplă, m-am obișnuit. Dar acum e o chestiune de viață și de moarte. Ori îmi primesc pământul înapoi, ori mă omor.

După o clipă de tăcere, a adăugat:

— Dar, înainte de a mă omorî, îl omor pe nenorocitul care mi-a luat totul!

Nu avea niciun document care să ateste că terenul îi aparține. Îl moștenise de la părinții ei. Mi-a arătat o bucată de hârtie, un fel de certificat foarte vechi pe care nu se mai putea citi nimic. Am liniştit-o: „Cu actul ăsta, puteţi să mergeţi în justiţie“. M-a privit cu un aer trist.

— Pentru justiţie e nevoie de bani, iar eu n-am bani. Am încercat deja, am fost respinsă. Mi s-a spus că „unde nu sunt bani nu e nici justiţie“. Mă rog, nu aşa, dar am înţeles că trebuia să bag nişte bani în buzunarul unui ins, însă n-aveam. Am plecat. Cineva m-a sfătuit să vin aici. N-am pe nimeni care să vorbească în numele meu; copiii mei sunt cu toţii în străinătate, nu mai vin să mă vadă, nici nu ştiu în ce ţară sunt. Dar nu plec de aici până nu mi se dă pământul înapoi.

Îmi părea rău pentru ea. S-au grăbit şi alţii să o consoleze. La un moment dat, un şef sau, oricum, cineva care părea important s-a oprit şi a întrebat de ce s-a adunat lumea. I-am spus:

— Ascultaţi-o pe sărmana femeie şi încercaţi să faceţi ceva pentru ea, v-ar putea fi mamă.

A condus-o într-un birou. Am citit numele scris pe uşă şi funcţia şi am înţeles că era şeful cel mare, comisarul sau inspectorul, nu mai ştiu, în orice caz, cineva înalt în grad. Viad a ieşit din alt birou. Copia după certificatul de naştere nu era suficient de lizibilă. Trebuia cerută alta, ceea ce avea să întârzie eliberarea permisului de şedere cu cel puţin o lună.

Seara i-am povestit soţului meu cum îmi petrecusem dimineaţa în secţia de poliţie. Nimic nu l-a surprins. A zis:

— Actul ilizibil e un truc clasic. Cu o mie de dirhami, o să vezi că devine lizibil.

— Dar bietul Viad n-are bani.

— Ştiu, depinde de tine sau, mai bine zis, de noi să-i dăm banii ăştia ca să-şi primească actele.

— Vasăzică ţi-ai schimbat părerea, eşti de acord să corupi administraţia?

— Nu mi-am schimbat părerea. Trăim într-o ţară care acceptă acest tip de practici, aşa că, dacă vrei ca Viad să aibă acte, du-te înapoi la comisariat şi strecoară-i banii responsabilului de caz. Dar ai grijă să nu greşeşti persoana. Plicul trebuie dat celui care se ocupă de dosar, nu altcuiva.

Am aşteptat câteva zile şi m-am întors la prefectura Dradeb. Un obişnuit al locului m-a recunoscut şi mi-a spus că bătrâna îşi recuperase terenul. A adăugat: „Şi fără cafea!"

Am sărit imediat.

— Şi cui ar trebui oferită o cafea pentru actele de şedere ale unui negru?

— O cafea neagră, foarte neagră, fără zahăr?

— Nu, cu zahăr! Cât zahăr?

— Un negru... permis de şedere... din ce ţară vine?

— Mauritania.

— Mauritania are o poziţie complexă în Sahara. Uneori înclină spre Algeria, alteori spre Maroc; asta înseamnă două linguriţe de zahăr cel puţin...

Am tradus imediat în minte: două mii de dirhami...

— Şi unde se bea faimoasa cafea?

— Biroul 7. Număr simbolic. Număr norocos. Şi tipul se numeşte „Sabe'e", al şaptelea!

Eram neliniştită, nu ştiam cum să fac, mă gândeam: „Şi dacă se enervează?" Dar, imediat ce am intrat, tipul mi-a vorbit despre cafea cu două linguriţe de zahăr. Am pus plicul sub o ceașcă de cafea din care nu bea nimeni, m-am ridicat și am plecat.

Câteva zile mai târziu, Viad a primit o nouă convocare scrisă în următorii termeni: „Vă rugăm să veniți să semnați și să vă ridicați permisul de ședere“.

Eu și Mourad eram fericiți. Viad nu mai trebuia să trăiască ascuns. M-am gândit brusc la franțuzoaică și la dragostea lor întreruptă. „Și dacă s-ar duce după ea?“

36

SAMIA

5 decembrie 2000

Fratele meu Adam, foarte sensibil, mi-a atras atenţia că am slăbit mult şi că arăt rău la faţă. Nu i-am putut explica motivele stării mele. L-am strâns în braţe şi l-am acoperit cu sărutări.

Mi-am pierdut pofta de mâncare, nu-mi mai place nimic şi nici măcar studiile nu mă mai interesează. Mă mulţumesc să citesc poeţi francezi sau arabi clasici, chiar dacă mă concentrez cu greu. Nu mai am nici energia, nici dorinţa de a scrie. Sunt frântă, rănită în adâncul fiinţei şi observ că tăcerea mă poartă într-un tunel.

O fată violată este condamnată să dispară. Totul în societate o respinge şi o afundă în fântâna ruşinii. Trebuie să taci și să suporți. Nimeni nu știe despre asta. Este cel mai violent secret, cel mai cumplit de trăit. Mă simt ca un borcan umplut cu rahat și împuțiciune. Am devenit eu însămi un putregai, nici măcar o târfă, pentru că o târfă își vinde trupul ca să trăiască, pe când mie mi-au fost luate trupul și sufletul și nu mai vreau să trăiesc. Nu am nimic de oferit, nimic de vândut.

Ieri, trecând pe lângă un chioșc, am văzut ziarul lui Khenzir. Pe prima pagină era fotografia unei fete alături de un poem. M-am gândit: „Săraca, și ea a trebuit să plătească!“ M-am întrebat o clipă dacă nu cumva ar trebui să o caut și să formăm un grup de victime ale lui Khenzir. Dar cum să faci asta dacă nimeni nu vorbește, nimeni nu acționează? Probabil și ea trăiește același calvar ca mine. Suntem îngropate sub tone de tăcere și de rușine. Nu putem să ridicăm capul. Suntem condamnate să târâm după noi această povară duhnitoare și grețoasă. Condamnate să găsim o jalnică împăcare cu viața de zi cu zi, să ne prefacem, să zâmbim atunci când vrem să plângem, să țipăm, să urlăm până când zidurile acestei închisori pe care o purtăm în noi se vor prăbuși.

Uneori, mă opresc pe stradă, în drum spre liceu, și mă uit la oamenii care trec. În fiecare bărbat văd imaginea unui violator. În fiecare fată, imaginea violenței pe care a suferit-o. Pentru mine nu există o umanitate bună. Văd lumea în gri, în negru. Nu-i nicio lumină la capătul tunelului prin care merg. Nu există nici cea mai mică șansă de a face să izbucnească scandalul și de a-l vedea pe Khenzir dus în fața justiției, o justiție adevărată care să-mi dea înapoi umanitatea. Evident, Khenziri există peste tot. Stau pitiți în umbră și își așteaptă prada. Indiferent că e vorba despre acest pervers care se folosește de poezie pentru a-și satisface instinctele primare sau despre un polițist care face uz de puterea sa pentru a obține ce nu i se cuvine, mai ales onoarea unei femei, forțată să se dea acestui bătăuș ca să-și rezolve o problemă, ei sunt acolo, aparent tați buni, oameni de treabă.

Părinții mei, săracii! Sunt departe de a-și închipui ce s-a întâmplat și ce se petrece în mintea mea. Îmi imaginez pentru o secundă reacția mamei, care ar începe prin a leșina și a-și folosi toată isteria ca să inverseze problema. Eu aș fi cea care a distrus onoarea întregii familii, cea care a adus eșecul și rușinea în casă. Aș fi și mai nefericită, pentru că aș fi pedepsită. Cum? Nu știu. Poate că m-ar trimite într-un sat îndepărtat ca să uite toată lumea de mine. Mama este o marocană tradițională în cea mai crudă versiune. Onoarea familiei depinde de virginitatea mea. Și dacă sunt violată de un nemernic, eu sunt călăul, nu victima.

Mai rămâne tata. Este laș și egoist. Se gândește doar la micile lui plăceri. Și el este un bun marocan. Musulman de fațadă, ipocrit, slab, supus ordinelor soției, legat de mâini și de picioare de nevoia de a aduce bani pentru ca mama să trăiască precum o adevărată burgheză, la același nivel cu prietenele ei, să aibă centură de aur și caftane la modă.

L-am surprins într-o zi pe tata dându-i un plic plin de bani mamei, care i-a numărat și i-a reproșat că întârziase să-i aducă. Știu că banii respectivi provin din mită, sânul la care sug marocanii, fie că sunt corupători, fie că sunt corupți. Tata aparține celei de-a doua categorii, cea mai rea, pentru că este umilit practic de fiecare dată când acceptă plicuri. Din punctul meu de vedere, nu sunt altceva decât bani luați din buzunarele cetățenilor. Cu alte cuvinte, furt.

Tata, pe care îl iubesc în mod firesc, nu mi-a dat nici cea mai mică ocazie să mă destăinuiesc și să mă sprijin pe el ca să ies din tunelul meu. E amabil. Cea mai rea dintre calități. Amabilitatea este o formă de blândețe care seamănă cu dulciurile ce te fac să vomiți. Tatei îi lipsește prestanța, îi lipsește coloana vertebrală. Ar avea nevoie de cineva care să-l îndrepte, să fie mai puțin încovoiat, mai puțin servil, mai puțin conciliant. Cu orice se descurcă. Cu moralitatea, cu viața conjugală pe care o trădează cu voioșie, cu datoria de tată, cu datoria de cetățean și de funcționar public.

Totuși, acest om destul de cultivat ar fi putut avea o altă viață, mai demnă, mai frumoasă, mai dreaptă. S-a coborât la nivelul mediocrității generale și a devenit atât de banal, încât nu simt decât milă pentru el.

Cum ar reacționa dacă i-aș povesti drama mea? Ar începe să se smiorcăie. N-am nicio îndoială. I-aș putea impune un alt comportament, i-aș putea sugera să mă însoțească la poliție și să depună plângere împotriva perversului care violează minore. Dar și el ar vrea să înăbușe scandalul. Mi-ar zice: „Uită, fata mea, și lasă-L pe Dumnezeu să-i rezerve acestui om pedeapsa pe care o merită“.

O palmă. Da, o palmă zdravănă ar răsuna și ar reuși să-l trezească pe acest tată nedemn. Dar nu am putere. Îl pălmuiesc destul cu disprețul și cu mila mea.

Duminica trecută, pentru prima dată, părinții mei au invitat acasă câțiva membri ai familiei. Nu pentru prânz, ci doar la un ceai, prăjituri uscate şi câteva clătite cu zahăr. I-am observat pe aceşti oameni, bărbaţi şi femei, fără griji, zâmbitori, binedispuşi, care evitau orice subiect ce ar putea să strice atmosfera. Erau mulţumiţi de ei înşişi. Arătau perfect în costumele şi caftanele lor. Toţi îşi jucau rolul. Bărbaţii se adunaseră într-o parte, femeile în cealaltă. M-am uitat la acest spectacol şi mi-a venit să vomit, nu în toaletă, nu pe ascuns, ci acolo, în mijlocul salonului, faimosul salon în care nu intră nimeni, împrăştiind voma pe frumoasele caftane ale doamnelor. Să vomit şi să vorbesc în arabă, în această limbă în care nu pronunţăm anumite cuvinte, din ruşine, din falsă pudoare.

„Vă rog să fiţi atenţi! Am ceva să vă spun, ceva oribil de mărturisit. Am şaisprezece ani şi nu mai sunt virgină. Mi-am pierdut virginitatea într-un viol, comis în urmă cu o săptămână în apartamentul lui Khenzir, un nenorocit, pe strada Goya, într-un apartament murdar şi oribil. Am fost drogată şi violată. Port pe faţă şi pe corp dezonoarea întregii familii. Cu toţii sunteţi dezonoraţi de mine, nepoata voastră, verişoara voastră, fiica tuturor păcatelor. Vă consider răspunzători, pentru că nu vedeţi nimic, credeţi că fiicele voastre sunt fără prihană, sfinte şi lipsite de dorinţe. Pentru mine nu a fost deloc o chestiune de dorinţe, în afară de aceea de a-mi vedea poeziile publicate. Nu ştiţi ce este poezia. Normal, e ceva ce nu vă priveşte. Dar onoarea ştiţi bine unde s-o puneţi, unde s-o depozitaţi, unde s-o ascundeţi. Ei bine, această onoare a fost distrusă de un pervers care bântuie prin oraş, un violator, un ticălos. Niciun bărbat dintre voi nu se ridică să ceară arestarea lui sau măcar să-l rupă în bătaie, să-i taie sexul oribil cu care a făcut o gaură în himenul meu, o gaură în viața mea, o gaură care-mi este în realitate mormânt.

Și voi, femeile! Nu spuneți nimic. Mama și-a pierdut cunoștința; face asta de fiecare dată când trebuie să înfrunte realitatea. Dispare, nu vede nimic, deci nu e răspunzătoare de nimic.

Plec, nu sunt de rangul vostru, din neamul vostru, din seminția voastră. Am venit din altă parte și mă întorc la destinul meu. Măcar îmi voi fi deșertat sacul, voi fi poluat atmosfera, voi fi murdărit puțin acest salon nou și conștiințele voastre adormite pentru totdeauna."

Tăcerea mea grea și disprețul meu au fost de-ajuns.

Copiii vântului
Străbat noaptea
Pe pleoapele tinerelor
Al căror secret e îngropat într-un fruct de vară
El este sâmburele
Mierea și amarul

37

MOURAD

Unul dintre foştii mei colegi tocmai a fost arestat şi dus în faţa instanţei de judecată. A fost prins în flagrant delict de luare de mită. Corupătorul i-a întins o capcană, dându-i întâlnire într-o cafenea frecventată de agenţi de poliţie şi de fiscali.

Ca un novice! S-a lăsat păcălit. Specificul corupţiei este să nu existe urme. Discreţie maximă. Bani care trec direct din mână în mână.

Când am făcut pasul şi am început să accept plicuri, studiasem până în cel mai mic detaliu diferitele mecanisme ale mitei care să nu trezească bănuieli. Devenisem expert în domeniu. Mi-am folosit toată inteligenţa şi priceperea şi n-am fost prins niciodată. Nu sunt mândru de acest succes, dar cu timpul, cu vârsta, am învăţat să relativizez, să netezesc asperităţile, să mă împac cu viaţa şi cu defectele ei.

Am decis să-mi fac bilanţul vieţii. Am început ieri-dimineaţă, dar m-am descurajat repede. Partea pozitivă este redusă; partea negativă, viciul şi furtul, prea încărcată. Dar poate că, dacă nu am fi trecut prin toată tragedia, viaţa noastră, în orice caz viaţa mea, ar fi urmat o altă cale, mai demnă, mai acceptabilă.

Ceea ce caracterizează sistemul marocan, nescris, nespus, este că întotdeauna sfârşim prin a ne descurca, cel puţin în anumite domenii care nu pun în pericol interesele mari, foarte mari. Oamenii ştiu asta instinctiv. Am văzut oameni săraci venind la tribunal nu pentru a-şi revendica drepturile, ci pentru a întreba pe cine trebuie să mituiască. Drept, lege, justiţie, ei nu cred în astea. Cu cât sunt mai slabi, mai săraci, cu atât mai insistent caută o ramură de care să se agaţe. Este aproape natural.

Aş putea să-mi învinuiesc soţia şi să o fac răspunzătoare de această derivă de care nu sunt mândru. Dar integritatea mea nu era suficient de puternică, nu destul. N-a rezistat mult. Trebuie spus că durerea fără margini care m-a cuprins după tragedie m-a slăbit. Mi-a distrus valorile. Devenisem indiferent, obsedat zi şi noapte de dispariţia Samiei. Durerea mea săpa peste tot, lăsându-mi goluri în memorie, în legăturile cu lumea, în instincte. Eram durere şi suferinţă. Nu suportam nimic, nici măcar hainele pe care eram obligat să le port. Chiar şi uşoară, cămaşa mă apăsa, mă rănea. Paşii erau adevărate încercări. Mersul mă obosea atât de mult, încât mi se întâmpla să stau într-un colț al casei fără să mă mișc ore întregi. Priveam fix pardoseala deosebit de urâtă. Ațipeam și cădeam în niște crevase unde noroiul mă acoperea, trăgându-mă la fund. Mă înecam în această apă densă și grea. Mă lăsam în voia ei, nu mă împotriveam. Voiam să termin cu toate. Dar soția mea mă trezea, țipa la mine ca să mă ridic și să mă duc la muncă.

La birou făceam eforturi enorme să nu mă prăbușesc și să las baltă totul. Lucram fără să știu ce fac. Nu mai eram viu și nu-mi mai controlam nimic, nici voința, nici starea de spirit, nici depresia.

Medicul mi-a dat concediu să mă tratez. Starea mea nu a încetat să se înrăutățească.

Nu observasem nimic. Fiica noastră era perfectă, învăța bine și nu ne făcea probleme. Lucrurile decurgeau lin. Eu și mama ei eram, de fapt, orbi.

Din acea zi fatidică am renunțat la viață fără să dispar. M-am lăsat să cad în gol și am acceptat totul, am înghițit totul ca un animal flămând și brutal. Mi-am pierdut umanitatea. Am devenit o cârpă de șters pe jos pe care alții călcau. Nu conta. Eram insensibil la toate. Amintirea tragediei îmi ocupa complet mintea. Nici nu mai aveam minte, doar o durere care-mi picura în interiorul craniului și făcea din fiecare neuron un conductor de suferință. Am devenit un ghem, un crater, un bulgăre de pământ uscat și lipsit de viață. Mă contopeam cu grămezile de gunoi. Puțeam peste tot. Sentimentele contradictorii mă împingeau să trec dintr-o lume în alta și înapoi, purtând mereu în mine acest iad pe care nu puteam nici să-l numesc, nici să-i găsesc marginile.

38

SAMIA

17 decembrie 2000

Am pregătit totul cu atenție. Mi-am făcut curat în cameră, mi-am împăturit hainele, mi-am pus cărțile și caietele în ordine. Apoi am făcut o baie. Va fi ultima înainte de a pleca spre o lume mai îngăduitoare. Nu reușesc să mă gândesc la nimeni. Nici la părinții mei, nici la frații mei, nici la prietenele mele. Imaginea strâmbă a lui Khenzir îmi apare peste tot. Îmi astupă cerul. Îmi invadează spațiul. Îmi ia aerul pe care-l respir. Mă sufoc. Să strig, să urlu, să mă agit nu-mi servește nimic. În fața acestui monstru sunt singură și nu am nicio armă pentru a-l reduce la tăcere, pentru a-l face să dispară. Brațele lui foarte lungi, degetele lui metalice ca niște cuie ruginite caută mereu să mă atingă. Trebuie să scap de ele. Trebuie să-l dobor. Singura posibilitate de a-l adormi este să deschid gazul. Chiar dacă pentru asta trebuie să mor.

Încercați să înțelegeți cum se simte o fată de șaisprezece ani, atacată în corpul și sufletul ei de un monstru libidinos, sâcâitor și crud. Nu mai exiști, nu mai ai niciun motiv să trăiești, să-ți faci planuri, să-i iubești pe alții și să speri. Totul îți este refuzat. Totul îți întoarce spatele. Și vine singurătatea, impenetrabilă și grea, adevărata, marea, stupida, vătămătoarea singurătate, cea care stăruie, care se învârte în jurul tău ca o viperă bătrână, apoi ți se înfășoară pe gât, se strânge puțin, abia lasă aerul să treacă, după care te zdrobește cu toată greutatea și răspândește un miros respingător care îți dă dureri de cap și îți întoarce stomacul pe dos.

Singurătatea, pe care o consideram uneori prietenă, a devenit o bestie răutăcioasă și fără milă. M-a condamnat să sufăr înainte să plec. Parcă ar fi fost trimisă de un Dumnezeu răzbunător. Cum adică? O puștoaică încearcă să sfideze cerul? Cine se crede? Nu-i prima femeie violată, doar n-o să se opună sorții pentru atâta lucru! Să mori. De acord, dar imediat, nu așa cum ai visat, nu în tăcere sau în mirosuri de parfum și de trandafiri. Ai să pleci călcând cu picioarele pe tăciunii aprinși, pe plantele care ard pielea, pe pietrele care fac găuri până la măduvă.

Singurătatea nu-ți mai este prietenă. Fără complicitate, fără sprijin, fără ajutor. Deschide robinetul de gaz, o să te îmbeți încet, o să vezi lucrurile rotindu-se în jurul tău și sfidându-te, n-o să poți apuca nicio mână pe care o zărești, nu sunt mâini întinse pentru a te salva, ci târnăcoape săpând pământul în care o să cobori puțin câte puțin, până când pielea ta n-o să mai respire, urechile o să ți se umple de pământ brun și umed; ochii tăi o să vadă totul până în ultima secundă pe care o lași să treacă și atunci o să te duci, nu brusc, o să respiri încet pentru a-ți da iluzia că o să scapi, dar ești singură acasă, tu ai ales ziua și ora, ai așteptat ca părinții tăi să plece într-o călătorie pentru a comite ireparabilul. Ești gata acum.

Aud această voce ridicându-mi-se din măruntaie și încerc să o reduc la tăcere. În zadar. Respirația mi-e lentă. Ochii mi se închid. Inima slăbește. Khenzir s-a așezat pe capul meu și mă împinge în fundul gropii pline cu un lut care seamănă cu rahatul. Nu vreau să mor în putreziciunea sa. Îmi fură moartea. Îmi violează ultimele clipe. Casa este goală. Toată lumea a plecat. Vocea mea nu-mi mai iese din piept. Amețesc. Mă las înghițită de această fântână, de acest tunel. Da, cunosc tunelul, este cel care duce spre moarte, spre o mică licărire, o luminiță în capăt. Înaintez în ciuda greutății care îmi apasă membrele, merg fără să mă pot întoarce, mă îndrept spre lumina care crește pe măsură ce mă apropii de ea. Sosesc. Este un câmp îngălbenit de un soare imens, o pajiște pe care zeci de tineri dansează pretinzând că sunt îngeri. Știu că nu sunt îngeri. Sunt pedepsiți ca și mine. Au sfidat voința Creatorului. Dansează, dar nu zâmbesc. Și-au pierdut pentru totdeauna zâmbetul, bucuria, lumina interioară. Mă alătur lor. Aceasta este soarta mea. Merg. Sunt ușoară. Zbor, plutesc, sunt lumină în limpezimea orbitoare. Mă las condusă spre culmi. Plutesc și mă așez ca o barză pe acoperișul lumii. Nu simt nimic. Nu mă atinge nimic. Nu mai am amintiri, nu mai am ancore, nu mai am legături. Poate că voi renaște. Nimic nu mă mai definește. Am impresia că dorm, am căzut într-un somn adânc și nu cred că mă voi trezi cândva. Gazul șuieră ușor.

Cea pe care nu pot s-o numesc
M-a primit ca o prințesă
Cuibărită în lumina
Unor pământuri necunoscute
Inima tinereții pe care n-am avut-o
Bate în ritmul unei sonate
Și îmi dă fiori

39

MALIKA

Am fost decapitată. Condamnată la moarte și executată. Sunt moartă. Nu în întregime. Moartă, dar conștientă de toate. Am aspectul unei persoane vii, dar pot să acționez, să mă mișc, să sparg obiecte, să distrug destine, să răspândesc nebunie, să aduc nenorocire, am puterea foarte eficientă de a deochea, ajunge să-mi opresc privirea asupra unui copil pentru ca el să cadă și să se lovească, dacă mă uit fix la o femeie se împiedică și-și fracturează șoldul, dacă mă concentrez asupra unei fete sănătoase o să ia o boală necunoscută și o să sufere cumplit, da, asta am devenit, este pedeapsa sau răsplata mea, depinde. Nu m-am născut rea. Am devenit. Întrebați-l pe imbecilul ăsta, adică pe soțul meu. Credea că va scăpa fără să plătească. După tragedie, și-a luat concediu, un concediu lung în care nu răspunde de nimic. Refuz să arunc deochiul asupra lui. Nu vreau să am în casă un infirm, un tetraplegic pe care aş fi obligată să-l îngrijesc. Îl rănesc doar puţin, exact cât trebuie ca să regrete ce mi-a făcut. Răzbunare blândă, dar răzbunare pe termen lung.

Viaţa mea, viaţa noastră s-a oprit brutal în acea duminică din decembrie. Samia ne-a târât cu ea. Suntem morţi şi nu ştim.

De când s-a pensionat, soţul meu mi-e povară. Nu ştiu ce să fac ca să mă eliberez de ea. Se trezeşte târziu şi umblă de colo-colo prin casă în pijamaua lui oribilă. E neîngrijit, se rade doar când şi când, se spală chiar şi mai rar decât înainte. Zice că viaţa lui nu mai are sens. Nici a mea, dar n-o să fim capabili să ne unim împotriva adversităţii. Suntem singuri şi trebuie să îndurăm singurătatea până la capăt. Nu văd nici cea mai mică urmă a acestui capăt, nici cel mai mărunt semn. Aşa că merg înainte şi strivesc orice-mi stă în cale.

Înainte, soţul meu era folositor. Aducea acasă plicuri, ceva în plus ca să trăim. De când nu mai lucrează, aduce doar probleme, proastă dispoziţie şi greaţă. Între noi n-a mai rămas nimic. Chiar şi amintirile le-am ars de comun acord. Nimic. N-a mai rămas nimic. Gemete, ţipete, mirosuri urâte, milă.

Am îmbătrânit amândoi foarte repede şi urât.

Ne-am pierdut îngerul care ne păzea de înclinaţiile noastre rele. Eram protejaţi şi nu ne dădeam seama. A trebuit să ne părăsească pentru ca noi să ne vedem aşa cum suntem.

Înainte, existau un cadru, o logică. Lucrurile erau la locul lor. Astăzi nimic nu este la locul său. Suntem dezorientați și ne facem rău reciproc. Suntem condamnați să rămânem împreună. E pedeapsa noastră.

Nu-mi place să citesc. Nu-mi place să ies în oraș. El se refugiază în cărți, uită de el citind, ceea ce mă enervează. Ascultă muzică de sălbatici. Îi plac negrii ăia care cântă atât de prost. Spun ce gândesc, nu mai am opreliști, nu mai am limite. Nici el, de altfel.

Mă învârt prin casa asta care arată ca un mormânt. Nu pot să renunț la ea, să merg în altă parte. Am fi putut să vindem șandramaua asta, să ne mutăm într-un apartament modern, bine încălzit iarna, și să trăim ca niște oameni civilizați. Dar nu mai suntem civilizați. Suntem în război. Nu-i trec nimic cu vederea. Trebuie să plătească la fel de mult, dacă nu chiar mai mult decât mine.

Fiica noastră ne-a părăsit fiindcă nu am făcut ce trebuia pentru a ști ce se întâmplă cu ea, de ce e nefericită. Povestea cu violul am aflat-o abia la ceva timp după ce-a murit, când tatăl ei i-a găsit jurnalul intim. L-a citit, dar nu mi-a spus. Cred că a petrecut nopți întregi plângând în colțul lui. Apoi, într-o dimineață, mi l-a dat. Am leșinat, după care mi-am îndreptat toată agresivitatea spre acest soț și tată nedemn. De atunci datează înfrângerea noastră, intrarea noastră într-un iad care ne distruge încetul cu încetul și ne aruncă bucată cu bucată într-o groapă comună. A insistat să ia înapoi jurnalul fiicei noastre și l-a ascuns.

40

MOURAD

O singură soluție îmi venea în minte. Să-i scot ochii și să-i tai scula.

Am cumpărat un cuțit de bucătărie fabricat în Germania. Un cuțit de o calitate excelentă. Și am elaborat un plan. Nu aveam de gând să-l denunț la poliție, să depun plângere și să aștept să se facă dreptate. Fără poliție. Putredă. Fără justiție. Putredă. Știu ce spun. Mai rămâne dreptatea mea, pe care să i-o aplic acestui ticălos. Mi-am descoperit un suflet de torționar. Da, toți suntem capabili să devenim călăi într-o zi. Khenzir va plăti. Îmi petrec timpul punând la punct amănuntele planurilor, imaginându-mi ce mutră va face când mă va vedea, când va descoperi că în geanta mea se află un cuțit nemțesc cu lamă inoxidabilă. Îl voi doborî cu un baston cumpărat de la piața de vechituri,

Casa Barata. Apoi îi voi lega mâinile, îi voi trage în jos pantalonii şi chiloţii. Îi voi turna spirt denaturat pe părţile intime. Nu-i voi da foc, mirosul urât ar putea să-i alerteze pe vecini, aceiaşi care închid ochii şi îşi astupă urechile. Nu, spirtul va uşura trecerea lamei pe la rădăcina penisului. Îmi voi pune mănuşi ca să-i ating părţile intime, îi voi ţine penisul de gland şi-l voi tăia scurt de la bază. Sângele va începe să curgă. Îl voi trezi, să se vadă cum se goleşte pe coapse şi pe podea, pe covoarele care miros a spermă şi a sângele tinerelor victime.

Un alt plan, mai pervers. Îi voi da întâlnire la Forêt Diplomatique, pe malul Atlanticului. Voi trece drept unul dintre pedofilii spanioli care vin să caute marfă în mizeria din Tanger. Îi voi câştiga încrederea, îi voi şopti câteva nume şi-l voi atrage în pădure într-o dimineaţă de luni, zi în care nimeni nu vine pe această plajă. Odată ajuns acolo, îi voi vorbi despre poezie şi despre dragostea fetelor tinere. Voi fi ales deja locul, nu departe de acolo, unde îi voi reteza beregata ca unei oi de Eid. Îl voi lăsa să se golească de sânge după ce-i spun mai întâi numele uneia dintre ultimele sale victime.

O altă posibilitate. Mă voi da drept tipăritorul fiţuicii lui de rahat. Voi face în aşa fel încât să intru în tipografie după ora închiderii. Îl voi chema pe Khenzir să corecteze şpalturile. Dar nu voi apărea. Voi purta o cagulă, în caz că se întoarce să vadă cine-i vorbeşte. Îi voi da ordine de la depărtare, spunându-i că sunt în baie. Când se va apleca peste fiţuica lui de rahat, mă voi apropia din spate fără să fac vreun zgomot, îi voi înfige cuţitul între fese şi-l voi răsuci până-i sfâşii vintrea. Îl voi abandona cu capul pe fițuica lui de rahat, cu sângele curgându-i pe genunchi și pe podea.

Nu va ști cine l-a spintecat în două. Va zăcea acolo tot weekendul până va crăpa. Îl vor găsi luni dimineață, putrezit în propriu-i sânge, care se va fi uscat deja.

Adevărul este că nu voi face nimic.

Voi trăi cu această vină până la ultima mea suflare.

Am imaginație, dar nu sunt un om de acțiune. Rușinea. Da, știu ce este, ce îmi face, cum își sapă brazda în corpul meu, cât de rău mă doare. Dar este neproductivă. Nu folosește la nimic. Trăiești cu ea. Nu sunt primul care și-a înghițit rușinea. Am băut-o. E parte din mine acum, mi-a devenit unul dintre organe. Uneori mă trezește noaptea. Nu mă lasă să dorm. Mă tortureaza. Nu protestez. Dacă aș fi acționat, n-ar fi prins niciodată rădăcini în mine.

41

ADAM

Am fost crescut într-o amintire interzisă. Aveam şase ani când sora mea mai mare a murit. Nu înţelegeam ce se întâmplă. Era într-o duminică; părinţii mă lăsaseră la bunici, trebuiau să meargă la un doctor sau la nişte rude din Tétouan. Samia pregătea o lucrare pentru şcoală. Avea nevoie de linişte.

Mă plictiseam la bunici. Bunicul vorbea întruna despre bani şi despre cum să-i economiseşti. Nu pricepeam de ce voia neapărat să-mi ţină lecţii de economie la vârsta mea. La un moment dat, când mă spălam pe mâini, a venit la mine şi a închis robinetul, care avea un debit destul de redus.

— Când te speli pe mâini, nu trebuie să risipeşti apa, înseamnă bani. Deschide robinetul doar cât să facă spumă săpunul. Economie! Economie!

Şi ei aveau multe cutii de medicamente. Le adunam şi construiam clădiri. Jocul meu era să-mi imaginez un oraş modern, cu vedere la mare. Ca să reprezint marea, întinsesem pe jos o cârpă albastră găsită în bucătărie. Împrăştiasem firimituri de pâine pentru a da impresia unor dune de nisip. Ştiam că, după ce trece vântul de est, nisipul formează dune.

Seara, părinţii mei n-au venit să mă ia. A doua zi trebuia să merg la şcoală. Bunicii au plecat şi m-am pomenit singur în casă. Am adormit foarte repede, ca să nu mi se facă frică.

În ziua următoare, bunicul m-a luat deoparte.

— Trebuie să rămâi la noi câteva zile. Sora ta e bolnavă. Părinţii tăi sunt îngrijoraţi şi deocamdată nu pot să aibă grijă de tine. O să lipseşti de la şcoală, dar nu contează.

Am aflat mai târziu că nu mai am soră. Acasă, era de-acum interzis să-i rosteşti numele sau să faci aluzie la existenţa ei. Tăcere şi secret. Nu înţelegeam comportamentul părinţilor. Camera ei a fost încuiată. Misterul creştea şi am început să particip şi eu la această mascaradă. Cu timpul, imaginea ei mi se ştergea din minte. Toate fotografiile în care apărea fuseseră îndepărtate, poate rupte sau puse într-o cutie. Îmi spuneam cu tot mai multă convingere că ea comisese o crimă, ceva care făcuse mult rău întregii familii. Tăcerea era înconjurată şi de un sentiment de ruşine. Dar de ce? Habar n-aveam.

În fiecare an, în ziua dramei, părinţii mei plecau în călătorie şi mă lăsau, ca de obicei, la bunici, unde primeam mereu aceleaşi lecţii de avariţie. Pe atunci nu cunoşteam cuvântul „avariție", dar totul în acea casă îl indica, totul respira această boală. Nu înțelegeam de ce acordă atâta importanță banilor în viața de zi cu zi. Lumină scăzută. Mâncare insuficientă. Nu mă sărutau niciodată. Odată, bunicul meu mi-a cerut să-l însoțesc la piață. Se târguia foarte mult. Îmi zicea: „Un dirham e un dirham" și adăuga: „Înainte se spunea *una peseta es una peseta*". În loc să bag la cap ce voia el să mă învețe, mă simțeam străin de asemenea deprinderi. Uram să mă tocmesc. Aveam să fiu opusul unui avar.

Cu timpul, am început să-mi dau seama că această familie nu e normală. Totul se trata în liniște și întuneric. Lucrurilor nu li se spunea pe nume. Mama era produsul pur al acestei educații potrivit căreia nimic nu trebuie să răzbată în afara casei. Țînteau spre o anumită perfecțiune printr-o discreție bolnăvicioasă. În murmurele lor era întotdeauna vorba despre onoare și rușine deopotrivă. Două lucruri pe care nu mi le însușeam, pentru că nu înțelegeam la ce se referă.

La vârsta de cincisprezece ani, am știut că trebuie să o apuc pe alt drum. Am muncit din greu în liceu. Amintirea surorii mele mai mari se estompa treptat, iar părinții mei se certau din ce în ce mai des. Erau țâfnoși, un fleac îi aducea într-o stare de nervozitate și de agresivitate de o violență nemaiîntâlnită. Nu voiam să fac legătura între dispariția Samiei și deteriorarea relației lor. Dar explicația era acolo. Nu puneam întrebări. Observam scenele aproape teatrale și mă simțeam tot mai străin de această familie și de secretele ei.

De îndată ce am luat bacalaureatul, am cerut la minister o bursă pentru a-mi continua studiile. În schimbul acesteia, am semnat cu statul un contract de angajare. Mi-am spus că viitorul îmi este astfel asigurat. Nu mă puteam baza decât pe mine însumi. Din fericire, la Rabat, unde am mers să studiez, am cunoscut o tânără profesoară de drept, o specialistă venită de undeva de lângă Paris. Îi eram student, dar lucrurile au evoluat puțin câte puțin între noi. Era cu doar cinci ani mai în vârstă decât mine. Se impunea cea mai mare discreție. Am învățat multe din această relație. Eu eram îndrăgostit, ea, nu prea. Deși mi-am păstrat camera de cămin, pe care o împărțeam cu un student din Rif, m-am mutat la ea. Formam un cuplu, dar nu trebuia să se știe, mai ales că asta se întâmpla pe vremea când militanții islamiști dădeau buzna în campus și încercau să-și impună doctrina. Chemau poliția pentru a surprinde cuplurile necăsătorite care încălcau legea ce interzicea actele sexuale în afara căsătoriei. Sonia risca expulzarea și eu, pierderea bursei de studii.

Între o familie apăsată de moralitate și rușine și o viață de student sub strictă supraveghere religioasă, nu știam unde să-mi găsesc locul. Mă obseda ideea de a emigra în orice țară în care aș fi fost liber. Dar le-aș fi provocat părinților mei o mare durere dacă aș fi găsit o cale de a pleca.

Cu Carmen am descoperit o altă lume, o lume în care fiecare om avea un loc al său, drepturi și libertate. Deși nu puteam s-o afirm cu glas tare, la așa ceva aspiram.

Carmen a rămas însărcinată. Nici nu se gândea să păstreze copilul sau să facă un avort ilegal la Rabat. A profitat de vacanța de sfârșit de an pentru a se întoarce în Franța, unde avortul era legal. N-a mai revenit la muncă. Nu-mi mai răspundea la scrisori. Trăsese linie peste experiența marocană, care trebuie să-i fi lăsat un gust foarte amar.

Câțiva ani mai târziu, am citit un articol despre romanul de debut al unei tinere profesoare pe nume Carmen Laplace, *Lămâii din Rabat*. Era și poza autoarei. Își scurtase părul. Spunea că Marocul este o țară minunată, dar oamenii nu sunt educați, o țară în care religia vrea să controleze totul, inclusiv relațiile intime dintre bărbați și femei.

Îmi doream să citesc acest roman. Dar nicio librărie din Rabat nu-l comandase. Nu era interzis, dar probabil că librarii fuseseră sfătuiți să nu-l aducă din Franța.

După ce mi-am luat licența în drept, am intrat la Școala de Administrație din Kenitra. Reușisem să pun niște bani deoparte. Astfel, când m-am întors să lucrez în Tanger, am putut să-mi închiriez un mic apartament pe bulevardul Pasteur, departe de părinții mei, departe de secrete, departe de boala ce servea drept alibi pentru orice.

Mă simțeam singur, dar singurătatea nu mă apăsa. Citeam mult și mă uitam la filme piratate. Mama, mereu neliniștită și îngrijorată, mă întreba de fiecare dată când ne întâlneam: „Ce mai aștepți ca să te însori? Doar n-o să ne aduci vreo străină din alea aflate în trecere pe-aici! Am eu niște propuneri să-ți fac. Ai încredere în mine. Te cunosc și știu ce fel de soție îți trebuie“.

O lăsam să vorbească fără să comentez.

Am întâlnit-o pe Najia la o conferință ținută de Amin Maalouf la Centrul Cultural Francez. Nu a fost dragoste la prima vedere, ci o prietenie construită în jurul cărților citite şi comentate la un ceai la Café de Paris. Păr scurt, piept frumos, piele măslinie şi ţinută elegantă. Tot ce-i displăcea mamei, pentru care pielea trebuie să fie neapărat albă.

Ne-am căsătorit fără să le spunem părinţilor. Am înţeles că, pentru a avea o căsnicie fericită, trebuie să-mi ţin soţia cât mai departe de mama şi de tragediile de care ea avea nevoie ca să trăiască.

42

SAMIA

Fără dată

Mama nici măcar n-a apucat să țipe. A leșinat imediat. A închis ochii și și-a lăsat corpul să cadă ca un sac. Să nu simți ceea ce tocmai s-a întâmplat. Să nu vezi. Să nu recunoști. Să te sustragi. Să pleci. Să dispari cu o mișcare scurtă și decisivă. Foarte convenabil. Eu nu mai eram acolo. Toată lumea se agita în jurul mamei. Iar ea își completase tabloul alcătuit din isteria, indispoziția și ipocrizia ei jalnică. Cu atât mai bine, la o adică. Măcar n-o mai auzeai. Căzuse într-o comă binevenită. Acum avea argumente incontestabile, pe care nimeni n-ar fi îndrăznit să le critice.

Tocmai îi furnizasem material pentru un roman polițist prost, mustind de sentimente negative.

Tata, distrus, plângea în tăcere, cu capul întors spre perete. Se ruga, el, care nu și-a scos niciodată în evidență credința. Nu se ruga neapărat la Dumnezeu. Se ruga la cer și la zid, se ruga la pământ și la pădure, la muntele ce se clatină și la izvorul ce jelește. Și-a pus sufletul într-o groapă, acolo unde a doua zi dimineață, chiar înainte de rugăciunea de la miezul zilei, m-au aruncat sau, ca să fiu politicoasă, m-au depus. Imamii au recitat sura „Femeile", nu în întregime, ci doar câteva versete care să însoțească sufletul defunctei. Femeile nu au fost primite la cimitir. Au rămas acasă pentru a jeli în cor dispariția bruscă. Unele au pregătit mâncăruri ușoare pentru cei care aveau să se întoarcă mai târziu, să împărtășească durerea și suferința familiei. Fiecare femeie a spus că viața e nedreaptă, că Dumnezeu ne pune la încercare, că orice credincios suportă nenorocirea fără să crâcnească. Fiecare a spus că aceasta este voia Celui Atotputernic și că acest suflet este întruparea unui înger pe care Dumnezeu a vrut să-l cheme la El.

În tot acest timp, m-am gândit la jurnalul meu intim, pe care nu l-am pus la loc sigur. O să fie groaznic dacă mama dă peste el. Poate că l-am lăsat la vedere intenționat.

Au făcut bine că l-au lăsat pe fratele meu la bunici. Înmormântările pot fi traumatizante. Îmi amintesc de una dintre bietele mele mătuși, care a murit la naștere într-o clinică în care anestezistul greșise doza. Sărbătoarea nașterii se transformase în doliu și durere. Aveam șase ani și am asistat la tot. Câteva luni după aceea am avut coșmaruri. Vedeam fantome. Credeam că moartea este o femeie înfășurată într-un cearșaf imens gri, care trece și prinde oameni la întâmplare cu cârligul ei. O vedeam învârtindu-se pe lângă casa noastră. Însă nu voiam să-mi trezesc părinții. Lui Adam o să i se explice că sora lui a plecat într-o călătorie. Așa li se spune copiilor care sunt luați drept proști. Eu nu mai sunt copil. Acum știu totul despre moarte, iad și paradis. Am inventat totul. Nu m-am înșelat. Moartea este, pentru mine, acest imens giulgiu de tăcere albă, care puțin câte puțin va fi devorat de insecte. Tunelul, luminița de la capăt, mângâierea vântului și a florilor, toate astea sunt o păcăleală. Moartea înseamnă nimic. Treci de un ecran și devii o imagine, o amintire fragilă și neimportantă. Doar că pentru mama amintirea va deveni un munte greu de urcat, o râpă în care va cădea adesea, o mare în care se va lăsa să moară. Va fi și un capital. Nefericirea ambalată, pusă bine, gata să-și joace rolul.

Tata e cu picioarele pe pământ. Un om rațional, nu foarte inteligent, poate chiar naiv. Va ști unde să așeze amintirea asta atroce. Chiar dacă sufletul îi va fi ciuntit pe ici, pe colo, va reuși să ajungă la un compromis cu realitatea. Ați văzut cum, deși era un om integru, a acceptat până la urmă să fie ca toată lumea și s-a lăsat corupt, sub amenințarea și privirea inchizitorială a soției. Tata, splendidă contradicție. Slab, laș cu ușurință, dar zâmbitor și chiar cu un pic de umor. El s-a născut drept; mama l-a făcut să se plece, a reușit să-i apese pe coloana vertebrală exact cât trebuia pentru ca el să renunțe la propria demnitate fără să facă zgomot, fără să se știe. Și iată-l cum geme și se plânge. Zice că disperarea provocată de dispariția mea l-a împins să facă la fel ca toți ceilalți și să se lase corupt. Nu-i adevărat, a fost corupt de la început, din slăbiciune, din lașitate. Atâta tot. A crezut că-și cumpără liniștea casei aducând plicuri pline cu bani murdari. Nici măcar. Disprețul. El e cheia poveștii acestui cuplu care s-ar fi putut mulțumi să trăiască modest și să accepte viața așa cum este. Mama îl disprețuia. Și tata a răspuns cu câteva plicuri. Apoi, ca răzbunare, a încercat să găsească uitarea în brațele unor femei la fel de nevoiașe și de nefericite ca el. Nu-i o poveste foarte frumoasă. Iar eu, martor invizibil, am tăcut. Și eu am ales să mă îndepărtez de realitate. Poezia mea este searbădă, deplorabilă, dar provine dintr-un fond rănit. Trebuia să o scot de unde zăcea. Trebuia să mă spăl de aceste cuvinte care se acumulau, formând un morman de mediocritate.

Restul a venit așa cum era planificat. Fără regrete. Fără remușcări. Doar gustul amar al acestui pământ care îmi umple gura până când îmi închide pentru totdeauna pleoapele și îmi astupă gâtul.

Singurătatea mea aleasă s-a crăpat
Fărâme cad din ea
Și se împrăștie pe pământul insomniilor mele

43

MOURAD

„Când mă gândesc la viaţa mea, mi se pare evident că tutela ta m-a ferit definitiv de aventuri lipsite de interes şi m-a pregătit să întâlnesc oameni cu adevărat vii. Dacă aş vrea să fac totalul a ceea ce am simţit din plin, s-ar vedea că am simţit doar ce m-ai învăţat tu să simt şi am gustat doar ce m-ai învăţat tu să-mi placă“ (Bertrand de Jouvenel, scrisoare către Colette).

Cu mult timp în urmă am scris această frază într-un caiet de-ale mele. Îmi amintesc că speram s-o folosesc într-o zi ca declaraţie de dragoste pentru o femeie care mi-ar fi salvat viaţa. N-am întâlnit-o niciodată pe această femeie. Există, dar are toate motivele din lume să nu-mi iasă în cale. Era pe vremea în care credeam în dragoste ca un adolescent. În dragostea nebună, bineînţeles.

Spatele mi s-a curbat. Corpul mi s-a tasat. Mi se spune că e din cauza vârstei, dar eu zic că nu, e din cauza mediocrităţii vieţii mele, pe care am ajuns s-o accept şi s-o integrez în zilele şi nopţile mele. Sunt lucid. Nu-mi spun poveşti. E adevărat că am visat la o altă viaţă, la un alt destin. Dar prima mea slăbiciune a fost să fac compromisuri pentru a rezolva problemele imediate. Apoi a venit ziua funestă, faimoasa duminică în care totul s-a prăbuşit. Tragedia şi-a săpat groapa în corpul meu, mă aplecam adesea în faţă ca să rezist durerii. M-am aplecat atât de mult, încât coloana mea vertebrală nu mai este dreaptă. Am pierdut totul şi m-am lăsat dus de val, ca să evit angoasa. Am refuzat să iau antidepresive. Soţia mea abuza de ele. Lua cât pentru amândoi. Nu m-am opus la nimic nici la locul de muncă, nici în restul timpului, am procedat ca toţi ceilalţi din această ţară frumoasă. Ne aranjăm. Se zice *kdhé haja*, „descurcă-te, resemnează-te, nu fi prea atent la reguli şi, mai ales, nu fi prea riguros". Acest „descurcat" a făcut din Maroc ţara tuturor posibilităţilor şi, de asemenea, a multor eşecuri. Nu suntem demni de încredere. Nu suntem serioşi. Nu suntem prezenţi. Bogaţii vor să câştige o mulţime de bani rapid şi nu se gândesc la ţara lor. Săracii se descurcă; au mai multă imaginaţie decât bogaţii.

Sunt prost dispus în dimineaţa asta.

Nu sunt un bun musulman. Tot ce am trăit mă determină să mă îndoiesc. Cu toate acestea, astăzi m-am trezit cu ideea fixă de a merge să mă reculeg la mormântul

Samiei, ceva ce nu am mai făcut de câțiva ani. Am o repulsie profundă față de cimitirele noastre. Ne tratăm morții cu un dispreț plin de cruzime.

O să-i cer prietenului nostru mauritan, care cunoaște bine cimitirul musulmanilor, să mă însoțească. O să mă sprijin de brațul lui și o să mergem împreună pe jos în această vineri însorită.

Intrarea e murdară. Paznicul e murdar. Câini vagabonzi și flămânzi dau târcoale peste tot. Pisicile dorm liniștite la soare. Văd o agitație anormală. Viad se interesează la paznic, care nu-i răspunde. Un negru care pune o întrebare are puține șanse să primească răspuns. Trebuie să întreb eu ce se întâmplă.

— Se demolează partea veche ca să se construiască o moschee.

— Distrugem, demolăm...

— Da, oamenii au făcut o petiție ca să aibă moschee acolo.

Mă uit la el și simt un pumn în stomac. Mi-am dat seama că mormântul Samiei se află în zona în care sapă muncitorii. Sunt disperat. Îl iau pe Viad de braț și îl rog să mă conducă acasă.

— Să nu-i spunem nimic doamnei. Ne-ar face scandal.

— Da, domnule.

— O țară în care se construiesc mai multe moschei decât școli sau spitale e o țară terminată. Nimic bun n-o să iasă din asta. Poți să te rogi acasă, poți chiar să te rogi în gând, n-ai nevoie de moschei. În ultimii ei zece ani de viață, mama, care era bolnavă, se ruga așezată. Era foarte religioasă. Își făcea rugăciunile în tăcere și nu deranja pe nimeni. Astăzi, cei care cred vor ca toată lumea s-o știe. Ce greșeală! Câtă aroganță! O să se construiască o moschee peste rămășițele fiicei mele. Știu, sufletul ei e în altă parte, totuși există simboluri, ritualuri, puțin respect, Doamne, Dumnezeule!

— Aveți dreptate, domnule. Avem aceeași problemă în Mauritania. Dar din cauza saudiților. Au dat bani pentru moschei și nimic pentru spitale. În ceea ce privește școlile, atunci când le finanțează, o fac pentru a preda islamul lor, dur și retrograd.

— Petrolul! Ah, nenorocirea acestor arabi! De nu s-ar găsi niciodată petrol în pământul marocan.

În timp ce mergeam, mă gândeam întruna la fetița mea, pe care probabil că un excavator a apucat-o de mai multe ori și a aruncat-o într-un camion care va duce pământul și oasele la o groapă de gunoi și le va deșerta acolo.

Multă vreme mi-am zis: „Cât timp îmi amintesc de ea, trăiește". Brusc, amintirile mi s-au încețoșat, înconjurate de praful respingător stârnit de camioane. Mai mult decât oricând, îmi dau seama de golul imens pe care l-a lăsat ea. Gol care acum e o groapă în pământ. Atâtea corpuri transformate în praf. Nu mai e nici urmă de fiica mea. A murit a doua oară.

Mă gândesc la prietenul meu Gabriel, un catolic conservator și credincios, care a dat dispoziții, în caz că moare la Tanger, să fie incinerat la Ceuta, orașul marocan ocupat de spanioli de cinci sute de ani. Musulmanii interzic incinerarea.

Reducerea corpului la cenușă este cel mai bun mijloc de a evita să fie apucat cu excavatorul, la ani întregi după înmormântare.

Va trebui să ne gândim serios la asta. Nici măcar mort un musulman nu-și aparține sieși. Comunitatea decide asupra vieții și morții sale. Nu există nicio modalitate de a scăpa de acest control.

Când eram tânăr, vorbeam adesea cu prietenii despre Australia. Să emigrezi în cea mai îndepărtată țară de Maroc. Să pleci foarte departe ca să-ți uiți țara natală, care nu este prea blândă cu cetățenii ei. Dar, oriunde ne-am duce, rădăcinile ne urmează, nu ne dau drumul niciodată. Așa că mai bine să uiți de Australia și să strigi laolaltă cu mulțimea: „Trăiască Marocul!“

44

MALIKA

Este timpul să fac pace. Pace cu soțul meu, cu fiul meu și cu soția lui, cu celălalt fiu al meu, care îngheață în Canada și nu mai vine să ne vadă, să fac pace cu mine și cu cei absenți. Și nimic nu-i mai potrivit pentru asta decât un pelerinaj la Mecca. Visez la el de mult. A venit momentul reconcilierii cu viața. Am obosit să văd lumea în negru.

I-am propus soțului meu să intrăm în economiile noastre și să ne pregătim pentru a merge pe pământul sfânt.

— E o idee bună, dar uiți că nu mai pot să iau avionul. Ai putea să te duci cu nepoata ta care se roagă zi și noapte și care și-a obligat fetele să poarte văl de le-a și urâțit. Și uiți că nu poți să pleci când vrei, trebuie să participi la loterie.

— La loterie? Da, dar asta se cumpără. O știi foarte bine.

Nu răspund la aceste atacuri. Pe de altă parte, e prea riscant să rămână singur o lună. E bolnav şi are nevoie de mine. Mă încurajează să plec fiindcă vrea să profite la maximum de absenţa mea. Îl cunosc. O să-şi cheme fostele amante să consoleze un soţ abandonat de soţie. O să par iresponsabilă şi egoistă. Ceea ce nu sunt, desigur.

Mai bine să renunţ la acest proiect. Dar atunci cum şi unde să găsesc pacea de care simt că am nevoie? Articulaţiile mă dor. Picioarele mi se umflă. Capul mi se învârte. Artroza mă omoară. În plus, el, acest soţ care nu mai este bărbat, mă oboseşte, mă face să sufăr, îmi vine să-l bat. Nu sunt violentă, dar uneori nu mă mai pot controla. El are talentul de a-mi trezi pornirile violente. Ei bine, mă opresc aici, să nu uit că trebuie să urmez calea păcii. Aşa că mă calmez.

Casa este întunecată. Covoarele şi-au pierdut culorile. Ferestrele sunt veşnic închise.

Şi dacă am părăsi această casă? O scoatem la vânzare şi ne mutăm într-un apartament nou, complet alb, curat, cu vedere la mare... s-ar schimba multe lucruri... Am schimba decorul, am scăpa de mobilele astea vechi, care miros a putred... Nu, el n-ar vrea niciodată să părăsească pivniţa!

Am renunţat la proiectul cu Mecca. Sănătatea nu ne permite să facem o astfel de călătorie. N-am niciun chef să mor la saudiţi.

Am altă idee: dacă am face o scurtă excursie în Andaluzia, ca la începutul căsniciei noastre? Să vedem Granada, Sevilla şi să uităm de nenorocirile noastre. O să plecăm cu vaporul. Dar mai înainte o să-i cer fiului nostru să zugrăvească toată casa, să schimbe unele mobile şi să instaleze un sistem de alarmă pentru a fi în siguranță. Negrul o să-l ajute.

Visez. Am sentimentul că asta e tot ce mi-a mai rămas. Stau întinsă pe salteaua modelată de corpul meu suferind. Am uitat să-mi iau medicamentele. Nu-mi mai amintesc dacă le-am luat sau nu. L-am întrebat pe Viad dacă m-a văzut luându-le. Zice că nu știe. Îmi pierd capul, nu știu unde mă aflu. Trebuie să mă adun. Nu merge. Memoria începe să-mi joace feste. Asta îmi aduce aminte de mama și de sfârșitul vieții ei. Totuși, pierderea memoriei nu-i contagioasă. Îi cer lui Viad să-mi aducă o oglindă. O să verific dacă eu sunt cea care se îndoiește. Îmi aduce un pahar cu apă. Am uitat ce i-am cerut. Totul e ciudat. Dar cine-i bătrânul ăla aplecat deasupra unei cărți vechi? Nu e soțul meu. Soțul meu a murit cu mult timp în urmă. L-am ucis sau, mai precis, l-am ajutat să moară. Un mic ghiont. O mică răzbunare. N-a simțit nimic. A plecat cu zâmbetul pe buze. Nu s-a întors. Nu, e imposibil. A fost îngropat lângă fiica noastră. Dar atunci cine-i acolo? Îi vorbesc, nu-mi răspunde. Abia se mișcă. E o fantomă, o iluzie. Viad se află dincolo. E negru. Nu-l pot confunda cu altcineva. Îmi aduce o oglindă. De ce-mi dai oglinda asta? Mă uit la mine. Ce oroare! Sunt groaznică, urâtă, oribilă, încrețită, zbârcită, fără dinți, bag frica în oricine mă privește. Țip. Omul aplecat peste cartea veche se ridică și vine să-mi pună mâna pe obraz. Un străin care îmi mângâie obrazul. E bine. Dar trebuie să plece. Viad o să mă ajute să-l alung. Trebuie să mă trezesc, am nevoie la toaletă, trebuie să merg la toaletă; prea târziu, am făcut pe mine ca un bebeluș, pute, nu mă deranjează. Nu-mi mai controlez nimic, nici capul, nici muşchii. Totul se duce, totul se prăbuşeşte şi eu miros urât. Asta e moartea? Mi s-a vorbit despre parfumuri, flori, zâmbete, o lumină frumoasă, îngeri albi care dansează şi îţi arată poarta paradisului... Aici e altceva. Cred că mi-am greşit destinul. Să crăpi în propriul rahat e absurd! Nu rezist, nu sunt în stare, mă las târâtă spre un tunel, ştiu că întunericul o să-mi smulgă sufletul, apoi o să-mi arunce corpul într-o groapă. Trebuie să mărturisesc că există un singur Dumnezeu şi că Mahomed este profetul său. Repet formula. Cineva îmi dă o lovitură de bici. S-a terminat. Dar nu-i bine să put când ajung la bunul Dumnezeu. Însă nu mai am voinţă. Nu mai sunt nimic. Am trecut pe lângă viaţă. Oricum, nu mai e nimeni cu care să vorbesc. O faţă cu pistrui se apleacă deasupra mea. Îmi spune ceva despre azur, despre pajişti şi orhidee. Apoi dispare. Şi negrul a dispărut. Sunt spălată cu apă caldă. Aud voci recitând din Coran. Nu mai simt miros urât, nu mai simt nimic. Sunt curată, sunt tânără, sunt gata să trec marea şi munţii pentru a mă alătura fiicei mele, care îşi sărbătoreşte logodna cu primăvara şi soarele. Capul mi-e greu. L-au aşezat şi l-au acoperit cu pânză albă. Pe fiecare ochi mi-au pus o jumătate de curmală. Aşa cere tradiţia. Să nu se confunde capul cu picioarele. Mă las în voia lor. Nu pot face altfel. Ei se roagă şi eu mă îndepărtez. Mă duc foarte departe, acolo unde nimeni nu mă mai poate supăra. Nu mai sunt obosită sau bolnavă. Sunt singură şi joc şotronul pe un nor de o albeaţă orbitoare.

45

ADAM ȘI MONCEF

Am îngropat-o pe mama. Pentru noi, ca și pentru ea, a fost o eliberare. Era supărată pe viață și surdă la fericire. Nu putea să se bucure de lucruri simple, să fie mulțumită cu ceea ce îi oferea soarta. Vedea umbra vieții peste tot. Ca un zid de neclintit sau ca un munte imposibil de urcat.

Ne uitam unul la altul și ne gândeam la același lucru: moartea a aranjat bine lucrurile. Tata era foarte afectat și ne-am întrebat dacă această dispariție o să-l ajute să îndure bătrânețea sau o să-i provoace un soi de nostalgie de rău augur.

Seara, ne-am întors în casa pe care n-o iubeam. Mirosul, umiditatea, degradarea ei ne făceau să ne simțim prost.

Ideea de a-i propune tatei să locuiască în altă parte s-a impus de la sine. Trebuie să părăsească subsolul și amintirile mucezite. Trebuie să scape de mobilele vechi, de covoarele roase, pe care nici nu se mai disting desenele, de toate obiectele inutile. Să închidă casa și s-o scoată la vânzare. Tata a fost de acord. Ne-a cerut să petrecem noaptea cu el. Umbra mamei era peste tot. Niciunul dintre noi nu-și găsea somnul. Așa că tata a făcut o cafea și ne-a rugat să-l ascultăm:

„Copii, trebuie să vă fac o mărturisire. Mama voastră a fost atât de nefericită pentru că eu n-am știut s-o fac fericită și, de asemenea, pentru că în fața tragediei n-am avut atitudinea pe care ea o aștepta. De fapt, m-am gândit să mă duc la apartamentul lui Khenzir și să-i înfig un cuțit în burtă, să-l răsucesc și iar să-l răsucesc în el până crapă. Am fost ispitit de răzbunare; voiam să-mi fac dreptate singur, chit că aș fi intrat la închisoare. Dar n-am avut curaj; m-a oprit educația. Mama voastră mi-a purtat pică pentru asta. Totul în cuplul nostru s-a stricat definitiv.

Am înțeles mai târziu că durerile ei fizice erau semnele unei depresii severe și profunde. N-am înțeles la timp. M-am adâncit în corupție și tot ce implică ea. Nu sunt mândru de ceea ce am făcut. Nu vă cer nimic. Voiam doar să știți. Vă iubesc și vă mulțumesc că aveți grijă de mine."

O tăcere apăsătoare s-a lăsat după aceste cuvinte. Tatăl nostru ațipise. L-am învelit și, în cele din urmă, am adormit și noi în subsolul plin de umbre amenințătoare.

46

MOURAD

De când a murit Malika, nu știu ce să fac, unde să mă duc, ce să devin. Îmi lipsește. Îngrozitor. Mă trezesc noaptea și o strig. Am nevoie de prezența ei. Nevoie să o știu acolo. Și totuși, mă agasa atât de tare, mă scotea din sărite.

Fiul meu m-a îndemnat să plec din casă. N-am ezitat și i-am mulțumit pentru acest serviciu imens pe care mi-l făcea. Se impunea să părăsesc urgent pivnița nefericirii. Pereții, covoarele, saltelele vechi, canapelele, atmosfera, fotografiile vechi puse pe mobilele care nu serveau la nimic, toate astea mă deprimau. Tavanul era plin de fisuri. Probabil că rugăciunile soției mele atât s-au lovit de placa din beton, încât au făcut găuri în ea. Știam bine că superstițiile și rugăciunile ei nu trec de plafon. Degeaba aș fi sfătuit-o să nu se mai adreseze tot timpul cerului, care rămânea mereu indiferent. Casa semăna cu noi. Am reuşit să o golim de sufletul său bun şi generos pentru a face din ea o închisoare unde nimic nu mai avea sens. După cum se spune, câinii ajung să semene cu stăpânii lor. Noi nu aveam câine, dar casa noastră, redusă la acest subsol, era imaginea tristeţii şi a nenorocirii noastre.

După dispariţia soţiei mele, totul a început să capete proporţii enorme. Amintirile îmi erau ferfeniţă, timpul turna peste ele un urcior imens de tristeţe. Noaptea, singurătatea devenea de nesuportat. Somnul îmi era marcat de treziri bruşte ce mă neliniştеau. Pereţii se apropiau de mine, se aplecau spre patul meu, mă apăsau. De-abia respiram. Într-o seară, m-am dus să dorm în salonul pisicilor. Tot nu mi-am găsit somnul. M-am întors în pivniţă. Am mâncat un iaurt care expirase. M-a luat durerea de burtă. Am încercat să scuip ce înghiţisem. Am vomitat tot, apoi mi s-a făcut foame. Am dat peste o bucată de pâine uscată. Am încălzit puţin lapte şi am înmuiat pâinea în el. Bună pentru pisoi, nu pentru mine. Am avut impresia că regresez. Trebuia să părăsesc acel loc, acel cartier şi poate chiar Tangerul. Unde să mă duc? Ah, de-aş avea de ales, de-aş avea mijloacele necesare să-mi susţin alegerea! Toscana, un sătuc liniştit. Sau Coasta Amalfi. Da, să merg la Napoli, să mă plimb pe străduţele vechi, să mănânc paste şi să aştept maşina care să mă ducă la Amalfi. Să mă întorc la Amalfi! La Albergo Santa Catarina. Aş lua camera 9. Acolo unde, demult, foarte demult, pe vremea când obţinusem o bursă pentru a vizita Italia, am iubit o femeie. Am iubit-o nebuneşte. Mă făcea fericit, îmi dădea aripi, mă simţeam atât de bine cu ea, încât confundam visul cu realitatea. O chema

Chiara, avea părul negru, care mirosea foarte bine, pielea fină, de o albeață transparentă, ochii când albaștri, când verzi, ochi limpezi care mă tulburau, mă făceau să visez treaz. Chiara! Un corp superb, o inteligență ieșită din comun, intuiții corecte, o prezență care mă copleșea. Îi sărutam mâinile în fiecare dimineață pentru a-i mulțumi că e acolo. Chiara, Amalfi, Santa Catarina! O întreagă procesiune de fotografii vechi care trec și iar trec prin fața mea. Cum au reușit aceste imagini să ajungă la mine la sfârșitul unei zile când frigul și tristețea mă pătrund și mă fac să tremur? Nu știu. Aceasta este magia amintirii. Sau, pur și simplu, visurile mele de odinioară se întorc și născocesc povești extraordinare ca să mă consoleze pentru viața mea plată și amară. Chiara! Măcar a existat?

Acum locuiesc într-un apartament frumos și însorit. Îmi petrec ziua privind marea. Mă simt bine. Dar Malika nu-i aici. Nu vreau să văd alte femei. Viad doarme în camera alăturată. Se pregătește s-o ceară în căsătorie pe o tânără de familie bună. Se descurcă. Mi-a explicat: „E mai mare decât mine, nu foarte frumoasă, dar e singura care m-a vrut și e drăguță. Într-o zi am auzit-o pe mama ei spunându-i: «Mai bine un negru decât nimic». Nu m-am simțit jignit, sunt obișnuit să aud păreri de genul ăsta".

Viad are grijă de mine, face cumpărăturile și uneori se aventurează să gătească. Nu e rău, dar îmi lipsesc mâncărurile pregătite de Malika. L-am întrebat de ce nu se însoară cu o fată din țara lui. Mi-a răspuns că nu vrea să se întoarcă în Mauritania. Și a adăugat: „În țara mea, toate fetele sunt obeze; li se dă să mănânce chestii care îngrașă.

Fetele slabe n-au nicio şansă să-şi găsească un soţ. Iar mie îmi plac fetele cu talie subţire".

Curios lucru, nu-mi închipuiam că într-o zi o s-o regret pe Malika. Amândoi am fost victime şi ne-am înverşunat împotriva noastră. Am remuşcări. Dar asta nu serveşte la nimic. Poate că n-ar fi acceptat niciodată să părăsească vechea casă, cea care ne-a purtat ghinion, aşa cum credea ea. Ţinea la casa aia într-un mod iraţional. Îmi amintesc ziua în care fiul nostru a venit cu ideea de a o vinde şi de a ne muta într-un apartament mai comod pentru noi. Răspunsul ei a fost imediat: a leşinat. Ceea ce spune tot.

Decenii de viaţă comună, de agitaţie şi de înfruntări. Asta te marchează şi lasă urme ciudate. Dacă ar fi s-o iau de la capăt, evident că...

Mă opresc pentru o clipă. Aş face la fel? Nu ştiu. Totuşi, n-am fost fericiţi decât o scurtă perioadă. Mă învinovăţesc adesea, dar ce folos? N-am fost un soţ bun. Infidel foarte devreme, corupt foarte repede, nedemn de multe ori, lucid întotdeauna. Nimic de care să fiu mândru. Nu ştiu ce crede fiul meu despre mine. Mi-e teamă să deschid discuţia. Însă Adam este politicos, nu riscă să-mi spună lucruri neplăcute. A fost educat în stil vechi. Pe părinţi îi respecţi fără să-ţi pui întrebări. Este un principiu, o valoare în sine.

Privesc pe fereastră cum marea îşi schimbă culoarea de mai multe ori în aceeaşi dimineaţă. Toate culorile mi se potrivesc. Văd prin acest peisaj lucruri pe care imaginaţia mea le-a aruncat acolo. O văd pe Malika scăldându-se dezbrăcată și ridicând piciorul cum făcea Cyd Charisse, cea mai frumoasă dansatoare a cinematografiei americane din anii ’50.

Văd păsări trecând razant peste apă ca să mănânce pești zburători. Văd spumă ieșind din gura unei tinere care tocmai a făcut dragoste. Ațipesc, îmi sprijin tâmpla de mâna dreaptă, care alunecă și lasă capul să-mi pice.

Tresar și mă trezesc. Nu-i nimic. Puțină oboseală. Amintiri care se plictisesc. Cuvinte care dispar; mă părăsesc și-mi lasă goluri în memorie, în viață. Niște note muzicale ajung la mine; o voce îndepărtată cântă: „Ce rămâne din iubirile noastre?“ Nimic. Inima, mintea mi-au fost răvășite destul de devreme. De la tragedie, nu mai am inimă pentru nimic. Și dezgustul meu de a trăi a fost alimentat de neînțelegerile cu soția. Astăzi îi simt lipsa pentru că temperamentul, isteria, nebunia ei îmi erau utile, îmi hrăneau nevoia de a revărsa zilnic un pic de ură peste cineva apropiat. Nu este nici loial, nici moral. Dar așa se întâmplă.

Îmi amintesc de un film japonez în care un bărbat își cară mama în spinare pentru a o duce să moară pe vârful unui munte, sub un copac, unde păsările de pradă îi așteaptă venirea.

Imagini bizare urmate de note muzicale stridente ajung la mine de pe malul celălalt al mării. Nu sunt gata să-i cer fiului meu să mă care pe vârful din Vieille Montagne. Mă simt bine aici, cu fața la mare. Mă uit la ea și îmi imaginez lucruri. Văd iar figuri dispărute, momente de fericire furată, bucăți de amintiri mai degrabă fericite, imaginea Chiarei se confundă cu cele ale actrițelor mele preferate, moarte de mult, dar care continuă să mă însoțească în reveriile mele. Ava Gardner alergând sub luna plină pe plaja Pacificului; Gene Tierney citind un roman voluminos în tren, în fața lui Cornel Wilde; Natalie Wood nebună de dragoste pentru Warren Beatty în *Splendoare în iarbă*; Faten Hamama într-o melodramă alb-negru, Simone Signoret în *Casca de aur*... Liv Ullmann abandonată de soț în *Scene dintr-o căsnicie*...

Imaginile se contopesc și creează un film în care eu, copil fiind, stau pe un scaun, la soare, și răsfoiesc un număr vechi din *Cinémonde*.

Copilăria răsare din aceste momente de tăcere și de reculegere. Este goală, fără vreo tandrețe aparte. E rândul meu să aduc apă; stau la coadă la fântâna publică pentru a-mi umple găleata. E frig. Suntem în Fès, cu mult timp în urmă. Apa este prețioasă. Nu trebuie risipită nicio picătură. O duc acasă, mama îmi dă un castron cu supă să mă încălzesc.

Vara este la fel de violentă ca iarna. E foarte cald. Fèsul abia respiră. Mă sufoc. Tata ne promite că ne duce să petrecem restul verii în Tanger, la fratele său mai mare. Ne spune că, datorită celor două mări, aerul este mereu răcoros. Visez la asta.

47

VIAD

De când sunt în serviciul acestei familii, am impresia că fac parte din ea. De acum am grijă de domnul. E din ce în ce mai obosit. Uneori, adoarme stând pe scaun. Saliva i se prelinge pe buze. Îi şterg gura şi bărbia. Asta îl trezeşte şi spune lucruri incoerente. Nu ştiu ce vârstă are. Îmi amintesc că mi-a mărturisit odată că nici măcar el nu-şi cunoaşte data naşterii. În actele lui e trecută o dată aproximativă. Trebuie să aibă peste optzeci de ani. Dar nu contează. Acest om suferă. Nu ştiu ce să fac. L-am sunat pe fiul său, celălalt e departe. Mi-a promis că vine să-l vadă în cursul zilei. L-am aşteptat. N-a venit. Trebuie să fie foarte ocupat sau, cum zicea doamna, n-a primit aprobare de la nevastă. Nu, nu cred asta. E pur şi simplu la muncă. Are un şef tiranic, care îl ţine până noaptea târziu.

Am pregătit o supă de legume. Dar domnului nu-i e foame. Nu mai mănâncă. Cred că s-a săturat de viaţa asta. Se lasă să moară încet.

Acum e momentul toaletei. Nu miroase bine. Trebuie să fi făcut pe el. Li se întâmplă persoanelor în vârstă care nu se mai pot controla. Nu cred că se poate deplasa până la baie. Încerc să-l ridic. Abia se mişcă. Parcurg zece metri cu toată greutatea lui în braţe. Îmi pun mănuşi, îl aşez în cadă, îl dezbrac şi îl spăl cu apă caldă. Îi place să simtă apa curgându-i pe piele. Din privirea lui înţeleg că trebuie să măresc jetul. Închide ochii şi zâmbeşte. Probabil se simte bine. Şi eu.

Îl las sub apă şi schimb cearşafurile, pe care o să le dau mâine la spălătorie. Pregătesc patul. Mă întorc în baie. A aţipit. Opresc apa; asta îl trezeşte. Încearcă să se ridice. E dificil. Noroc că am destulă putere ca să-l scot din cadă şi să-l înfăşor într-un halat de baie. Îl duc uşor până la pat. Observă cearşafurile curate. Se uită la mine zâmbind. „Mulţumesc mult“, îmi spune. Acceptă să mănânce supa pe care am pregătit-o. Cere un pai, îi e mai uşor să înghită lichidul aşa. Se priveşte într-o oglinjoară şi-mi face semn că trebuie să se radă. Îi promit că rezolvăm mâine.

Închide ochii şi-mi spune: „Pe mâine“.

Mă retrag în camera mea. Mărturisesc că sunt mândru de mine. Niciodată n-am crezut că sunt în stare să fac atâtea lucruri pentru o persoană ajunsă la capătul vieţii. Îmi place această cameră mică. Tot capitalul meu este aici. Am pus deoparte nişte bani. Am şi o poză cu logodnica mea. Mi-e teamă ca ea să nu se răzgândească. O s-o sun mâine.

Sunt obosit, dar mulțumit. Adorm aproape imediat.

A doua zi îi pregătesc o cafea cu lapte și o felie de pâine prăjită pentru micul-dejun. Ca în filme, rup o floare dintr-un ghiveci de pe balcon și o pun într-un pahar.

Când intru în cameră, am o presimțire puternică. Domnul a murit. A murit în somn. Las tava jos și mă aplec deasupra lui. E rece. Îi apropii oglinjoara de nas. Nu mai respiră. A murit curat. Trebuie să-i anunț pe copiii săi.

48

ADAM

Înmormântarea a decurs bine. Ca de obicei, erau prea mulți cerșetori. Totul a mers foarte repede. Spălătorii care se ocupă de morți, cititorii Coranului, pregătirea trupului, telefoanele care anunțau restul familiei, totul s-a terminat în mai puțin de patru ore. Aceasta este tradiția. Cum pleacă sufletul, trupul trebuie să ajungă în pământ imediat. Nu-i nicio clipă de pierdut. S-ar zice că trupul devine un lucru periculos, de care trebuie să scapi cât mai curând posibil. Un unchi a glumit despre îngerii care au sarcina să recupereze sufletul și să-l transporte în cer. Ca și polițiștii, se pare că vin mereu câte doi și mereu târziu, a spus el. Apoi a râs. Mi s-a părut nepotrivit, dar este cunoscut în familie pentru glumele lui la care rareori râde cineva.

Seara ne-am întâlnit în apartament. Viad a avut grijă de toate. Moncef a ajuns seara târziu. A luat un zbor de la Montréal la Casablanca, apoi altul de la Casablanca la Tanger. L-am îmbrățișat. Plângea. Viad i-a oferit o ceașcă de ceai fierbinte. I-am povestit despre ultimele zile ale tatălui nostru. Îi părea rău că n-a fost lângă el când s-a dus. Mi-a spus: „Odată cu dispariția tatei, cade ultima barieră; acum nu mai suntem protejați".

A doua zi, ne-am dus să golim apartamentul, să înapoiem cheile proprietarului. Era puțină mobilă. Viad a chemat o camionetă pentru a duce totul la casa veche, care este încă la vânzare.

Tata își alcătuise o mică bibliotecă de cărți în arabă și în franceză. Ținea mult de ea. Găseai câte puțin din toate. Cărți de călătorie, lucrări de istorie, opere clasice, unele cu însemnări pe margine. *Zilele* de Taha Husein și *Adolphe* de Benjamin Constant. M-am așezat și am început să citesc comentariile scrise de mâna tatei. Am aflat astfel că visase să trăiască în secolul al XVIII-lea și, mai ales, să nu se căsătorească. Când am pus cărțile într-o cutie de carton, mi-au picat ochii pe un caiet de școală și pe un carnet roșu legate împreună. Am luat caietul, m-am așezat și am început să citesc. Sora noastră, Samia, ținuse un jurnal, pe care îl aveam acum în mâini. L-am chemat pe Moncef și i l-am arătat. Un scris fin și egal. Fără ștersături. Samia își povestea zilele. Intercalând din când în când câte o poezie. Unele erau greu de înțeles. Toată suferința i se reflecta în ele. Ultimele pagini s-au dovedit insuportabile. Cum am putut ignora cu toții o sensibilitate atât de mare? Mi-era ciudă. Vasăzică, tata a trăit cu acest jurnal fără să vorbească vreodată despre el. Iar mama probabil nici n-a ştiut de existenţa lui. După ce l-a parcurs rapid, fratele meu a comentat:

— Toate astea aparţin trecutului! Nu putem retrăi la nesfârşit drama asta, cum au făcut părinţii noştri. Dumnezeu să-i aibă sufletul în pază şi să-l aşeze în paradisul celor inocenţi.

Îi împărtăşeam părerea, dar am păstrat jurnalul surorii mele. Într-un fel, spune povestea familiei noastre. E o mărturie, un document preţios. Mi-am petrecut seara citindu-l. De multe ori mi-au dat lacrimile. Ce soartă! Un dezastru, o înfrângere şi, mai ales, o imensă singurătate. Ar trebui să-i arăt poeziile surorii mele unui editor. Visul ei era să scrie şi să fie citită. Publicarea poeziilor ar fi un soi de răzbunare pe Khenzir. Ani întregi, părinţii noştri ne-au interzis să rostim numele Samiei. Era tabu. În copilărie, nu ştiam de ce. Acum ştiu. Această dramă i-a distrus. Au murit cu furia şi ruşinea în inimă. Moncef a păstrat carnetul roşu, care se numeşte *Carnetul ruşinii*. Am recunoscut scrisul grijuliu al tatălui nostru. Nume şi cifre, cu data şi, uneori, motivul. Mohamed Ferraj = 900 dirhami, patiserie. Ahmed Leghzal = 1 700 dirhami, garaj. Fellouss = 3 000 dirhami, casă. Hamidou = 2 700 dirhami, drum. Rajjal = 800 dirhami, certificat. Ammou = 4 000 dirhami, vilă. Rahhoul = 2 000 dirhami, salon coafură. Meteoui = 2 300 dirhami, cafenea etc.

Ruşinea! Da, nu vorbea niciodată despre asta, dar, în adâncul sufletului, purta această pată pe conştiinţă, pe viaţa lui. După cum repeta adesea, ar fi vrut să fie grăuntele de nisip care blochează motorul corupţiei, dar viaţa este dură și moralitatea se face fărâme în cea mai frumoasă țară din lume, cum i se spune.

Acum, apartamentul cu vedere la mare este gol. Pe podea, ziare, o oală de noapte, niște papuci murdari, furnici în jurul câtorva firimituri de pâine. O menajeră trebuie să vină să curețe pe cât posibil.

O carte de bucate chinezească este pusă pe o cutie cu cărți. O deschid de curiozitate și dau peste un ziar vechi, îngălbenit, îndoit în patru. Ah, *Le Journal de Tanger*! Un săptămânal local fondat de francezi pe vremea când orașul avea statut internațional.

Mă așez pe podea, sprijinit de perete, și citesc titlul de pe prima pagină: „Editorul de poezie Mokhtar B. Oualid ne părăsește la 73 de ani". Urmează un reportaj de la funeraliile „care au reunit o sută de prieteni și rude".

A avut o moarte blândă, în somn, la fel de blândă cum a fost și viața sa lungă dedicată în întregime poeziei și descoperirii tinerelor talente. Defunctul era cunoscut pentru generozitatea și simplitatea sa. Trăia modest de la dispariția soției sale, care era mult mai tânără decât el și care a murit în urma unei căderi fatale în casa lor de la țară. La înmormântare au participat un reprezentant al wali*-ului, prefectul poliției, doi magistrați cunoscuți ca fiind printre cei mai buni prieteni ai săi, elevi de liceu și câțiva profesori. Au fost prezenți, de asemenea, vecinii săi, care au avut numai cuvinte de laudă la adresa lui, patronul tipografiei și angajații săi și doi fotografi care realizau portretele poeților pe care îi publica. Erau și* *anonimi, printre care un om cu barbă și* djellaba *albă, care învârtea un șirag de mătănii între degete. Cititorii Coranului au petrecut mai mult de două ore psalmodiind versetele din Cartea Sfântă. Înainte ca trupul să fie ridicat, un tânăr a citit una dintre ultimele sale poezii, inspirată de Abu Nuwas și de Nizar Qabbani, un amestec de stil vechi și contemporan care a mișcat asistența până la lacrimi. Poezia celebra frumusețea tinereții, fragilitatea și nevoia ei de libertate. Înainte de rugăciunea pentru morți, un imam a ținut un scurt discurs, convins că „porțile paradisului îi vor fi larg deschise!". „Un om de o bunătate rară, un credincios discret și fidel credinței care îl poartă astăzi înapoi la Dumnezeu, Cel Atotputernic! Suntem ai lui Dumnezeu și la El ne întoarcem. Fie ca marea Sa milostenie să-l acopere și să-i asigure pacea la care a visat mereu."*

Două motociclete ale jandarmeriei naționale au deschis drumul importantului cortegiu. Înmormântarea a avut loc în cimitirul mujahedinilor. Elevii au citit pagini din Coran în timp ce groparii se grăbeau să umple mormântul cu pământ. O altă înmormântare îi aștepta la intrarea în cimitir.

Astfel, acest militant al culturii, acest iubitor de poezie, acest om elegant și umil, a avut funeralii frumoase. Persoanele care l-au însoțit pe decedat au schimbat cuvinte calde, spunându-și „condoleanțele noastre sunt comune". Multă emoție în această dimineață, în cimitirul unde el venea în fiecare vineri să se reculeagă la mormântul sărmanei sale soții, plecată în floarea vârstei.

Redacția ziarului nostru prezintă condoleanțe sincere și pline de emoție familiei și tuturor prietenilor săi. Suntem ai lui Dumnezeu și la Dumnezeu ne întoarcem.

Am rămas o vreme perplex, tăcut, incapabil să rostesc un cuvânt.

Ne-am dus împreună cu Viad la casa părinților mei. Covoarele sunt putrede, roase de molii, saltelele sunt într-o stare foarte proastă. Totul stă mărturie a degradării imense și lente a unei familii lovite devreme de nenorocire. Nu există nimic de salvat. Poate câteva fotografii dintr-o perioadă îndepărtată când, proaspăt căsătoriți, părinții noștri zâmbeau vieții. Am impresia că acel timp este ireal, că nu a existat niciodată. Eu și Moncef i-am cerut lui Viad să golească toată casa și să țină legătura cu agentul imobiliar care trebuie s-o vândă. Nu voiam ca el să rămână fără nimic, fără muncă. A avut grijă de tatăl nostru până la sfârșit și n-o să uităm asta.

49

VIAD

Dorm în casa veche. Dorm prost. E bântuită de atâtea drame și nefericire. Adam m-a însărcinat s-o golesc și să organizez vizitele cu agentul imobiliar. Între timp, pot să locuiesc aici. Fac pe paznicul. Mi-am cumpărat un fluier și un baston. Pentru că e vară, mi-am aranjat să dorm în capătul grădinii care înconjoară casa. Un emigrant din Bruxelles a făcut o ofertă. Nu-i extraordinară, dar vânzarea ar trebui făcută înainte de venirea iernii. Adam și Moncef au acceptat oferta.

Am sunat-o pe logodnica mea, care lucrează la o firmă de avocatură. M-a invitat să mănânc cușcuș la părinții ei vineri. O să-mi pun o *djellaba* albă și o să cumpăr fructe exotice pentru mama ei.

După prânz, o s-o duc să vadă marea. Sper ca părinţii să nu se opună. Mama ei mi-a spus că la hamam femeile îi fac aluzii deranjante. Maseuza este cea mai rea. Şi când te gândeşti că e neagră. Foarte ciudat. Oricât m-am gândit toată viaţa, n-o să-i înţeleg niciodată pe rasişti.

Mi-am găsit de lucru, încep în septembrie. Încă o poveste cu o casă. E vorba despre un cuplu de englezi care vor să mă ocup de locuinţa lor din Vieille Montagne când ei sunt plecaţi. Trebuie să ud plantele, să tund iarba din grădină cu maşina, să şterg praful, să dau drumul la încălzire iarna, înainte să vină ei, să hrănesc câinele şi să-l scot la plimbare o dată pe zi.

O să am o cameră mare cu baie proprie. Am vizitat-o împreună cu logodnica mea. Şi ei îi place, dar speră ca într-o zi să aibă casa ei. I-am spus: „O să se întâmple şi asta". Ea e înţelegătoare.

Apoi, casa a fost vândută. Adam mi-a dat întâlnire la Café de Paris, în faţa consulatului Franţei. Mi-a întins un plic, spunându-mi: „Comisionul tău, îl meriţi". Am ezitat o clipă, după care am acceptat. Acum pot să mă gândesc să-mi organizez nunta.

Când am plecat, un tip s-a aplecat spre mine şi mi-a şoptit la ureche:

— Diseară, la miezul nopţii, în faţa farului de la capul Spartel. Vremea e ideală pentru traversare. Cinci mii de euro.

M-am uitat la el şi l-am recunoscut, lucrează pentru un ticălos care face pe călăuza pentru cei ce vor să treacă ilegal graniţa. I-am răspuns:

— Ţi-ai greşit omul!